수긍과 창조

◇◇◇◇
희망으로 살자

이 글은 삶의 과정에서 다양한 분야에 관심을 갖고 생각의 편린들을 묶어서, 그 어떤 향연으로 도약하기를 바라는 마음으로 개인적인 소회의 정감을 나타낸 에세이다.

이제 젊은 노장 60세라는 나이에 나는 다시 희망의 갈림길에 서 있다. 희망은 우리에게 항상 빛을 준다. 물론 그것은 어둠에서 시작된다. 어둠이 없다면 새벽이 의미가 없듯이…. 그래서 우리는 우울할 필요가 없다. 고민은 있어도 절망은 없다는 것이다. 과거를 돌아보면 모든 것이 허점투성이다. 그러나 그것이 현실을 풍요롭게 하는 것이다. 절망하지 않고 희망을 품는다면 말이다. 과거는 미래의 거울이라고 한다. 지금까지의 과거는 오늘 전의 일이다. 그래서 현실이 중요하다는 것이다. 새로운 역사가 있으니까…. 생을 살아가면서 무엇인가를 역사에 남기고 싶어 하는 것은 인지상정일 것이다. 그런데 무엇을 남길 것인가를 생각한다면 쉽게 답을 하기 힘들다.

인간은 천명이라고 하는 위대한 탄생부터 시작하여 그 개성과 특징을 바탕으로 이 세상을 살아가는 존재이다. 그 누구도 사람의 인생을 정당히 평가할 수 없으며, 평가할 수 있는 사람이 있다고 해도 오직 자신뿐이다. 인간은 역사적인 존재이다. 그리고 역사는 표현을 통해서 나타난다. 예술을 창조하고, 건축을 하고, 글을 쓰면서 우리는 역사의 한 페이지를 장식하는 것이다. 오늘 나는 이러한 역사의 한 페이지를 이 책에 담고 싶다. 그리고 개인의 조그만 역사지만 그 경험 속에서 어떠한 지혜를 얻고 싶다. 그러나 역사의 존재가 나만을 위한 것이라면 그것은 너무도 빈약할 것이다. 그래서 다른 사람들과 같이 느끼고 생각하기 위해 나는 책을 만들기로 했다. 책을 만든다는 것은 어쩌면 인간의 행동 중 가장 위대한 것인지도 모른다.

다만 무슨 내용을 책에 담을 것인가는 저자의 몫이다. 전문적인 지식을 담을 수도 있고, 일상생활의 어떤 진리를 담을 수도 있을 것이다. 수필이란 말 그대로 생각나는 대로 쓴 글이다. 이 책은 희망과 사랑, 건강한 생활, 안전과 안보, 공부와 학습, 인간관계 등을 두서없이 수록했다. 한 시대를 살아가는 인간으로서 이제 나는 이 글 속에서 세상과 공유하는 마음을 갖는다. 그리고 이 글을 사랑하는 사람들과 나누고 싶다. 특히 그동안 묵묵히 내조하고 또 다른 희망이 되어 준 사랑하는 아내 안선화, 딸 유민지, 아들 유동훈을 비롯하여 가족, 친구, 지인들과 오순도순 이 책을 이야기하고 싶은 것이다. 또한, 이 책을 보는 모든 분에게 진실로 감사함을 전해 드린다.

2022. 1. 29.

담상 유양석

목차

조중석야의 정감

우리는 날마다 조중석야라는 하루의 사시(때)를 맞는다. 물론 다른 말로 표현할 수는 있겠지만 전체적으로 주야 또는 조중석야 또는 세분화하여 자축인묘진사오미신유술해 등으로 세밀히 구분될 수 있다는 뜻이다. 《손자병법》에는 "조기예 주기타 모기귀"라는 구절이 있는데 아침은 예리하고 주간에는 게을러지며 저녁이 되면 집으로 돌아가려는 인간의 본성 때문에 '피기예기'라고 하여 아침 공격을 피하라는 뜻이다. 즉, '격기타귀'라고 하여 주간과 야간의 공격을 강조한다.

상대방이 가장 비효율적으로 대비하는 시간이 바로 주야간인 것이다. 특히 사람은 야간에 해이해지기 쉽다. 그래서 상대방과의 비즈니스는 야간이 중요하지만 반대로 상대방이 이 점을 역이용하기도 한다. 누구에게나 야간이라는 시간은 공평하기 때문이다. 학문을 하건 결정을 하건 하루에 가장 중요하고 효율적인 시간은 바로 아침 시간이다. 아침을 상쾌하게 맞이하는 사람과 아침을 불안하고 피곤하게 맞이하는 사람은 천양지차이다. 아침의 밝은 빛은 저녁의 어둠에서 시작된다고 하였다. 무위자연! 즉, 자연의 신비함과 동행하려면 우선 자신이 자연의 이치에 부합되어야 한다. 저녁에는 잠자리에 들고 가족과 대화하고 편안히 쉬어야 한다. 그리고 아침은 밝은 마음으로 맞이하여 하루를 실천해야 한다. 저녁이 중요한 것은 저녁이 아니라 바로 아침이 중요하기 때문이다. 우리는 아침의 밝은 햇살을 보면서 하루를 시작한다. 그래서 저녁의 역사는 무엇보다도 중요하다. 오늘 저녁이 바로 내일을 기약하는 것이다. 조중석야의 정감. 말 그대로 순서대로이다. 아침, 점심, 저녁, 밤. 어떻게 살 것인가? 어느 순간에 충실할 것인가? 자명한 진리가 눈앞에 있다.

고진감래

　본시 괴로움이란 있는 것인가? 아니면 임의로 만든 것인가? 몸이 아프면 괴로울 것이다. 특히 지금도 병원에서 치료를 받고 있는 환자분들을 생각해 보면 더욱 그렇다. 그러한 생리적 괴로움은 달리 표현할 방법이 없다. 그리고 그것을 우리는 참과 진리로 생각한다. 그러나 오늘 논하고자 하는 괴로움은 생리적인 아픔을 뜻하는 것은 아니다. 어떤 뚜렷한 목표 의식 없이 세월아 네 월아 하면서 살아가는 그 모습이 바로 괴로움의 진면목일 것이다. 우리는 우리 자신에게 또는 주변에서 소위 갈팡질팡한다, 안절부절못한다, 좌불안석한다는 얘기를 많이 한다.

　시공간을 초월하여 이러한 현상은 목표와 목적의 부재 혹은 신념의 부족에서 오는 자연스러운 현상이다. 이러한 현상이 누적되었을 때 우리는 괴로움이라고 표현해야 옳을 것 같다. 인간이 인간으로서 존재하는 이유는 절제라고 했다. 절제는 자기와 타인을 통제하는 힘, 법률, 도덕을 가지는 것이다. 영원한 자유는 우리 인간에게는 영원한 희망으로만 존재할 것이다. 그러한 정제되고 절제된 힘 속에서 우리는 지극히 인간적이고 현실적인 꿈과 이상을 꾸어야 한다는 것이다. 인생이란 참으로 길고도 긴 항해다. 그리고 그 인생 중에서도 소년기, 청년기, 장년기, 노년기, 소위 소청장노를 통해서 우리는 또 다른 목표를 세우고 힘차게 나아간다. 그런데 요즘은 노년기가 더욱 뚜렷하고 기간도 연장되는 추세에 있다. 건강 관리만 잘한다면 '구구팔팔'한단다. 99세까지 팔팔하게 살 수 있다는 속어이다. 아무튼 소년기는 다시 유아기와 청소년기로 나눌 수 있는데 이때가 가장 중요한 시기이다. 나무를 심어야 물을 주고 가지를 칠 수 있는 것이다. 그런데 이러한 중요한 시기를 허송

세월하면서 나무 심기에 게을리한다면 올바른 거목으로 성장할 수 없다. 어떤 나무를 심을 것인가? 거목을 심을 것인가? 아니면 초라한 풀잎을 뿌릴 것인가? 그래서 소년은 원대한 꿈을 꾸어야 하는 것이다. 다음은 청년기이다. 청년기는 소년기에 심어 놓은 씨앗이나 종자 그리고 묘목을 올곧게 클 수 있도록 거름을 주고 살찌우는 시기이다. 즉, 어떻게 보면 가장 왕성한 준비의 시기라고 볼 수 있다. 성장의 끝을 보는 것이다. 문제는 이때 다시 씨를 뿌리려는 사람이 있다. 나는 그들이 결국 잘못된 길을 택했다고는 생각하지 않는다. 다만 앞서가는 사람에 비해서 늦을 뿐…. 자연스러운 현상은 아니다. 더 많은 악전고투가 예상된다. 장년기는 사회활동을 원활하게 하면서 자기의 지식과 경험을 사회에 환원하고 투영하여 사회와 조직을 발전시키는 시기이다. 이때를 공자님은 불혹과 지천명의 시기라고 하셨다. 다음, 노후라고 할 수 있는 노년기는 무엇인가? 인생의 종반기에 접어들면서 씨앗을 거두는 시기이다. 밤나무의 밤송이에는 알밤도 있고 썩은 밤도 있듯이 인생의 열매는 매우 다양하다고 생각한다. 그리고 서서히 종말이 고해지는 것이다. 죽음을 향해서 아니 재생을 향해서 다시 자연으로 돌아가는 시기이다. 그리고 불교에서는 이러한 사이클이 윤회라고 본다. 인생, 그것은 고진감래로 표현할 수 있다. '고'의 시기는 소년기와 청년기의 40년이고 '감'의 시기는 장년기와 노년기의 40년이다. 그래서 인생 80년, 즉 80세가 되면 망구가 되면서 서서히 인생을 마치는 것이다. 한 사람이자 부모이자 사회의 역군으로서의 생을 말이다. 그러나 이렇게 정석인 인생을 살아가는 사람이 있는가 하면 늦깎이 학생, 늦둥이 등 새로움을 시도하는 사람도 많이 있다. 그 사람들은 또다시 이러한 사이클을 반복할 것이다. 그러나 생리적인 현상은 자연이기에 극복하기가 힘들다. 다만 정신만이 살아서 어느 정도 한계에 다다른 열정을 보일 뿐이다. 우리는 인생을 되돌아보면서 잘잘못을 가려 정도로 가는 길을 알아야 한다. 그런데 시간은 매우 중요하다. 더 늦기 전에….

의식 수준

윤태익 교수의 《유답 5(You-쏨, 당신 안에 답이 있다)》라는 책에 보면 의식 수준에 대한 미국 학자 데이비드 홉킨스의 소개가 나온다. 윤태익 교수는 컨설턴트이자 경영학자이다. 따라서 이 책은 경영학에서 파생된 학문적 연구이다. 물론 다른 좋은 말도 많이 있지만 의식 수준에 대한 언급이야말로 이 책의 백미이다. 물론 의식에 대한 정신 의학적 전문 서적으로 《의식의 혁명》이라는 책도 있다. 이 책의 저자가 바로 데이비드 홉킨스이다. 어찌 되었든 의식을 설명하는 부분의 핵심은 이렇다. 의식은 두 가지로 크게 나뉜다. 긍정적인 의식(Power)과 부정적인 의식(Force)이다. 우리는 긍정적인 의식으로 세상을 살고 싶어 한다. 긍정적인 사람을 만나고 싶어 하고 긍정적인 환경에서 자기 능력을 최대한 발휘할 수 있다. 그것은 곧 엔도르핀이 솟게 만들고 잠재력을 최대한 발휘할 수 있게 만든다. 타인의 장점을 인정해 주고 인간관계를 회복하며 나의 장점을 최대한 살려 사회나 조직에 기여한다. 그러나 부정적인 의식은 이와는 정반대의 현상이 나타난다. 세상을 불평하면서 자신에 대한 확신이 없어 불안한 삶의 연속이다. 우리는 무력을 영어로 'Force'라고 한다. 무력은 부정적인 의식을 쓰는 표현인 것이다. 그렇다면 무력은 왜 포스인가? 그것은 전쟁이나 사변 같은 상대방의 부정적인 방식에 대한 대비책이기 때문이다. 부정적인 것은 부정적인 형태를 낳을 수밖에 없다. 물론 전쟁이란 국가의 대사이기 때문에 상대방의 무력 공격이나 징후를 반드시 보복하는 것만이 능사는 아니다. 바로 '부전이굴인지병'이라는 《손자병법》의 사상이 있기 때문이다. 국민을 위한 정책은 일단 심사숙고해야 하는 것이다. 그건 그렇고 우리의 의식은 사회생활 측면이나 개인 생활 측면에서도 매우 중요한 요소이다.

우리는 "의식 수준이 낮아서 상대하기 싫다."라는 말을 많이 한다. 자, 그럼 어떤 수준이 의식을 말하는 것일까? 이 책은 우선 긍정적인 의식을 9단계, 부정적인 의식을 8단계, 총 17단계로 나누고 이것의 단위를 '럭스(Lux)'로 표현하고 있다. 즉, 50럭스에서부터 1,000럭스까지의 밝기 표현으로 구분하고 있는 것이다. 의식을 바로 밝기(광명의 정도)로 나타내고 있는 것이다. 그런데 파워 의식의 럭스 점유율은 80%이다. 즉, 200~1,000까지는 파워 의식이고 나머지 200 이하는 포스 의식이다. 파워 의식은 가장 높은 순으로 자리를 매기면 1. 깨우침 2. 평화 3. 기쁨 4. 사랑 5. 이성 6. 포용 7. 자발성 8. 중립 9. 용기이다. 즉, 우리는 이러한 파워 의식을 형성했을 때 창조적인 삶의 형태가 나타난다는 것이다. 깨우침은 성인의 조건이다. 불교에서도 '득도'라는 말을 쓴다. 즉, 깨우침이다. 무지로부터 깨우침, 어둠이 완전히 걷어진 광명의 세계이다. 평화는 말 그대로 가장 행복한 마음의 상태이다. 음악가들은 평화 의식에서 유명한 걸작을 창조했다고 한다. 여기서 중립이라는 의식이 나오는데 말 그대로 중용의 도이다. 좌우 치우치지 않은 상위의 의식 수준인 것이다. 용기라는 의식은 부정과 긍정을 구분해 주는 아주 중요한 의식이다. 우리는 최소한 용기 있는 사람이 되어야 한다는 뜻이다. 그러면 부정적인 의식, 즉 포스에는 무엇이 있는가? 10. 자존심 11. 분노 12. 욕망 13. 두려움 14. 슬픔 15. 무기력 16. 죄의식 17. 수치심이 그것이다. 자, 잘 판별해 보라. 자존심은 어디에 있는가? 보다시피 아주 낮은 의식 수준이다. 흔한 말로 "자존심은 지켜라."라는 말은 아주 어색한 표현인 것이다. 분노는 '화'이다. 성내는 것이다. 참지 못하는 것이다. 인내를 하지 못하면 아무것도 할 수 없다. 욕망은 과한 욕심일 것이다. "지나친 욕심은 화를 부른다."라는 말은 통계학적으로도 진리이다. '화무십일홍'이나 '권불십년'이라는 말도 지나친 욕심을 삼가라는 말이다. 두려움은 자기 행위에서 비롯된다. 그래서 공자님은 3불을 외쳤다. 불혹, 불우, 불구가 그것이다. 슬픔은 무기력으로 가는 징검다리이다. "거울은 얼굴을 닦고 눈물은 마음을 닦는다."라는 말이 있지만… 어찌 되었든 슬픔 자체는 우리가 삼가야 할 의식이다. 무기력은 말할 것도 없고, 죄의식도 현실적으로도 나쁜 의식이다. 인과응보인 것이다. 마지막 가장 나쁜 의식, 저열한 의식은 수치심이다. 부끄러움이다. 우리는 부끄러운 행위를 하지 말아야 한다. 타인에게 수치심을 유발하는 행위도 나쁜 것이다. 인간의 의식을 이렇게 완벽하게 수치로 나타낸다는 것은 사실상 매우 어려운 일이다. 그럼에도 불구하고 이러한 의식 수준이 우리에게 공감을 얻고 있는 것은 통계적인 결과이며 우리가 현실 속에서도 느끼고 있기 때문이다. 의식의 수준을 높이자. 하루아침에 완벽한 인간이 될 수는 없다. 그러나 우리는 노력할 수는 있는 것이다. 더 나은 삶의 질을 위하여… 행복의 의식이 없는 이유는 결국 행복이란 주관적인 것이기 때문에 의식의 밝기에는 포함하지 않은 듯싶다. 우리 모두 선진 의식의 발현을 위하여 파이팅!

생활의 리듬

자기만의 색깔이 필요하다. 이 지구에는 수많은 사람이 살고 있고 그들의 생활 방식 또한 다양하다. 그 다양성 속에서 나만의 독특한 생활 방식을 찾아서 생활한다는 것이 얼마나 중요한 일인지 모른다. 조직 생활 속에서도 독창성과 창의성이 돋보이는 친구들이 많이 있다. 그들은 무언가 특출한 느낌이 들기도 하고 색다른 감동도 가지고 있다. 현대인은 정말 정보화의 홍수 속에서 살고 있다. 정보화란 상대방에 대한 모든 것을 가지고 있다는 것이다. 우리가 일상생활 속에서 원하는 모든 것은 인터넷을 통하여 살필 수 있다. 그런데 그 지식을 찾는 것이 중요한 것이 아니고 정보화의 홍수 속에서도 우리 인간 개인이 해야 할 일이 많이 있다는 것이다. 조직은 무엇일까? 개인과 개인이 모이는 것이다. 그리고 창의성과 아이디어가 집합된 곳이다. 외형은 통제할 수 있지만 내면은 통제가 불가능한 것이 조직이다. 어떤 조직이 완벽한 통일을 하고 있다면 그 조직이야말로 썩은 조직이고 활력이 없는 조직이다. 조직은 개인의 독창성이 모이되 조직의 역할이 가능하도록 개인들이 헌신하는 것이다. 90%의 자신과 10%의 조직의 성격. 이 정도면 후한 조직의 점수이다. 우리 인간의 조직은 유연성과 독창성 그리고 조화가 중요하다. 마치 오케스트라 연주에서 화음이 필요하듯이 우리에게는 조화가 절대적으로 요구된다. 다만 가장 훌륭한 오케스트라 교향악은 각 조직이 최선을 다해 주는 것이다. 피아노는 피아노대로, 바이올린은 바이올린대로, 비올라는 비올라대로 그리고 첼로, 더블 베이스…. 모든 악기의 총화가 심포니 오케스트라이다. 그리고 그것의 독창적인 악기 소리가 결국 최대의 교향악으로 연주되는 것이다. 조직에 앞서 개인도 중요하다. 우리는 조직 구성원에 대한 일

거수일투족을 확인하면서 과연 어떤 조직이 가장 조화로우며 후세에 이름을 떨치고 인류에 공헌할 수 있는지를 늘 생각해 보아야 한다. 사회와 국가의 다양성과 함께 개인의 독창성이 정말 중요시되는 사회에 우리는 살고 있다. 흔들리지 말고 하루하루를 최선을 다하여 살아가야 한다. 치열한 생활과 삶만이 우리에게 축복과 행복을 가져다주기 때문이다. 그런 의미에서 우리는 가장 최선의 생활 리듬을 알고 그 리듬이 깨지지 않도록 오늘 지금 이 순간부터 무언가 열심히 정진해야 한다. 생활의 리듬은 체계화되어야 하고 정형화되어야 한다. 수시로 변하는 리듬이야말로 우리에게는 득이 될 것이 없다.

희망의 고리

희망! 말만 들어도 가슴 벅찬 단어이다. 우리는 무엇 때문에 살아가는가? 바로 희망 때문에 살아간다. 우리는 목표를 정하고 그 목표를 성취하는 희망이 있다. 어떤 시간, 어떤 상황에서도 목표는 있다. 작은 목표이든 큰 목표이든 말이다. 이것을 통틀어 나는 희망이라고 부른다. 아내에게도 자식에게도 친구에게도 가족에게도 나에게는 다 희망이 있는 존재들이다. 희망의 정도는 차이가 날 수 있다. 그러나 희망의 존재 여부는 정말 중요한 일이다. 그러면 어떤 희망이 있는가? 포괄적으로 행복해지고 싶은 희망이 있다. 인생은 행복해야 한다. 그러나 그 행복은 자신이 추구하는 것이지, 남들이 가져다주지 않는다. 철저한 자기 행복이다. 너무도 추상적인 것이다. 나는 행복한데 남은 나를 불행하다고도 볼 수 있고 반대로 나는 불행한데 남들은 나를 행복하다고 말할 수도 있다. 그래서 행복은 주관적인 것이며 매우 추상적인 개념이다. 그다음 그러면 어떤 행복을 추구하느냐가 목표가 될 수 있고 어떤 의미가 될 수도 있다. 아내는 가족의 핵심이다. 누구를 만족하더라도 아내를 만족시키지 못하면 헛수고이다. 한 집안의 가장으로서 우선 아내의 행복에 일조해야 한다. 아내의 요구 사항을 들어야 한다. 그러나 여기서 갈등의 요소가 있다. 아내의 요구와 나의 행동의 괴리가 클 때 부부 싸움으로 이어진다. 여기서 지혜가 필요한 것이다. 원원하는 지혜를 내야 한다. 충분히 들어줄 수 있는 요구 사항은 반드시 그리고 적극적으로 들어주어야 한다. 칭찬할 일이 있으면 칭찬하고 남들과 비교하지 말아야 한다. 그러면서 요구 사항에 대해 분석을 하고 조치를 할 수 있어야 한다. 아내와의 평소 교감은 그래서 필요하다. 정신적인 교감과 육체적인 교감, 하나 더 추가한다면 물질적인 교감까지도 아내와는 늘 필요하다. 집안의 행복은 가화만사성이다. 가화는 부부의 금실에서 비롯된다. 다음 자식에 대한 희망이다. 자식은 자신의 또 다른 모습이다. 부모의 모습이요, 미래이다. 자식이 불행한 부모가 행복할 수 없다. 자식이 잘못된 부모는 정상적으로 생활할 수 없다. 그래서 아내와 자식에 대한 보이는 걱정 그리고 보이지 않는 걱정을 통하여 늘 희망적으로 살아갈 수 있도록 해야 한다. 다른 친구나 친척도 마찬가지의 행복을 기원하고 그분들이 행복함으로써 나도 행복하다는 것을 간접적으로 느껴야 한다. 그러나 가장 중요한 것은 역시 자아의 실현이다. 자신이 희망이 없고 행복하지 못하면 그 누구도 행복해 보이지 않는다. 나 자신과 아버지, 가장, 직장인, 친구로서 행복해야 한다. 희망이 있어야 한다. 비전이 있어야 한다. 노력을 통한 내일이 기약되어야 한다. 그 모든 것이 동시에 이루어져야 한다. 누가 먼저랄 것도 없다. 동시에 모두 행복할 수 있도록 지혜를 짜내야 하는 것이다. 상생의 원리는 언제든지 누구에게든지 적용된다. 기왕이면 웃으면서 모든 일을 해야 한다. 상처뿐인 영광이 되면 안 된다는 것이다. 그래서 다시 한번 강조하지만, 지혜가 필요하다. 그러면 지혜는 무엇이냐? 어떻게 얻을 수 있는가? 첫 번째는 노력이다. 책과 씨름하고 경험하고 남의 얘기를 듣고 명상하고 수양해야 한다. 두 번째는 운이다. 운이 따라야 한다. 운도 행운이 있고 불운이 있다. 우리에게는 항상 행운이 따라야 한다. 그것도 건강하고 아주 기분 좋은 운 말이다. 다음은 기적이 일어나야 한다. 기적은 그냥 일어나지 않는다. 앞의 두 가지, 즉 노력하고 운이 따르고 또 하염없이 기원할 때 별안간 기적은 일어날 수 있다. 우리 생활에는 부지불식간에 기적이 일어나고 있다. 그것을 우리가 인식하지 못할 따름인 것이다. 우리의 행복이나 희망은 누가 가져다주거나 만들어 주지 않는다. 우리가 획득해야 하는 문제인 것이다. 희망! 그 가슴 뛰는 말에 우리는 또 내일의 희망을 꿈꾸자.

◇◇◇◇
청소년의 선택

안 된다는 것은 부정적인 의식이며 그것은 완전히 패배주의 발상이다. 특히 청소년이란 가능성이 있는 사람이다. 가능성이란 희망이다. 물가에 내놓은 기분이 드는 청소년들을 쉽게 방치해 버린다면 이 나라, 이 사회가 어떻게 변할까? 모든 인식의 출발은 개인이다. 개인의 인식은 곧 가정의 행복에서 발전되고 또 사회와 국가 그리고 세계에서 승화된다. 개인의 발전은 무엇인가? 인생 최초의 스승은 어머니라고 한다. 최초의 스승이란 취학 전을 의미한다. 그리고 취학 후에는 사회와 학교의 스승을 만나게 된다. 그리고 아버지는 가장으로서 또 집안의 스승이 된다. 물론 스승의 역할이라는 것이 명의만 가지고 되는 것은 아니다. 무엇인가 솔선수범해야 하고 무엇인가 다른 면을 보여야 한다. 아니면 의지라도 보여야 한다. 스승이라고 다 잘할 수는 없지만, 청소년을 이끌 수 있는 의지와 의욕은 있어야 한다는 말이다. 스스로 경험하고 선택하게 하는 것이 가장 훌륭한 방법이지만 청소년은 사리가 분명하지 못하고 시비에 어둡기 때문에 스스로 맡겨 놓기는 참으로 힘들고 어려운 일이다. 물론 청소년임에도 불구하고 스스로 잘 알아서 하는 사람도 있다. 이른바 깨우침이란 빨리 올 수도 늦게 올 수도 있다는 말이다. 청소년의 깨우침이 늦다는 것은 무엇인가? 통상적으로 청소년 시기는 고등학교 3학년까지를 말하지만, 중학교 시절이 가장 중요하다. 초등학생은 부모와 선생님 품에서 가장 많이 성장한다. 그리고 지도하기도 그리 어렵지 않다. 다만 잠재되어 있지 않을 뿐, 그렇게 염려할 시기는 아니라는 것이다. 그러나 중학교 때는 어느 정도 사리 분별이 정확히 요구되는 시기이다. 이 시기야말로 인생 전체를 지배한다고 해도 과언이 아니다. 고등학교 때는 의식은 돌아오지만 지적 능력의 발현에는 한계가 있다. 중학교의 기초 학력은 그래서 중요한 것이다. 나의 생각은 공부에 대한 욕심보다는 인생을 풍요롭게 살 수 있도록 방향을 제시하고 지도하고 싶다. 중학교 시절은 자신에 대한 의식을 높이고 스스로 장단점을 파악하는 시기로 보고 있다. 그것은 학습과 일기 그리고 생각의 습관 외에 뚜렷한 대안이 없다. 더 있다면 경험과 여행 정도가 될 것이다. 또한, 중학교 시절의 운동 습관은 너무나 중요하다. 건전한 신체와 건전한 정신은 비례한다고 하지 않는가? 열심히 뛰고 운동하고 노력해야 하는 시기가 중학교 시기인 것이다. 고등학교에 가면 이미 늦었다. 초등학교는 아직 중학교라는 과정의 희망이 있다. 그래서 중학교 시기가 정신과 육체를 다듬는 데는 더없이 중요한 시기라는 것이다. 강제와 설교들, 즉 채찍과 당근을 병행해야 하지만 채찍이 먹히는 시기는 중학교까지라고 보면 된다. 물론 부모의 의지에 따라 일부 다르겠지만 말이다. 그래서 가급적 중학교 시절에는 인생 전체를 조망하고 지혜를 기를 수 있는 터전을 마련해야 한다. 부모의 관심이 어쩌면 가장 중요한 시기이다. 진실과 진리를 알 수 있도록 교육해야 한다. 실천할 수 있는 교육이 필요하다. 친구들과 단시간의 절교와 상처는 인생 전체를 놓고 볼 때 그렇게 중요한 문제는 아니다. 지식의 항해와 지혜의 바다에 들어가는 입구에 있는 청소년, 특히 중학생들이여! 이제는 정확히 사물을 보는 것부터 배워야 한다. 어른 흉내는 나중에 내도 된다. 포기하지 마라. 포기하는 순간 인생 전체는 암흑으로 물들고 말 것이다. 항상 새로운 시작이고 항상 지금부터가 중요하다는 것을 깊이 느끼고 국어책 한 줄, 시 한 수, 사회책 한 줄이라도 새로운 기분으로 읽어나가자. 지적 호기심과 생활의 호기심 모두를 갖고 지금부터 출발하는 것이다. 머리가 가장 좋을 때다. 성적 호기심도 있다. 그래, 적절한 발산의 통로를 찾자. 그리고 이제 더 높은 곳을 향한 항해의 깃발을 올리자. 오늘, 일 년, 아니 학창 시절 내내 힘들고 어렵지만 그것은 더 높은 인생과 미래를 위하여 인내하자. 인내는 쓰지만 그 열매는 달다고 하지 않는가?

중화의 미

중화란 중용이다. 좌우로 치우치지 않는 무게 중심이 바로 그 핵심이다. 옛 고전에서 강조하는 것은 효제, 중화, 인내, 겸손 그리고 지혜이다. 그중에서도 지혜를 아우르는 가장 핵심적인 조건이 바로 중화가 아니겠는가? 하루 24시간을 살아가면서 어떻게 정신을 집중하면서 살아가는 것이 가장 현명한 판단일까? 두말할 것 없이 자신의 모든 것에 대한 보람과 만족이다. 주체적인 생각과 사고 그리고 원만한 인간관계 등을 통하여 자기의 길을 가는 것이다. 그것의 핵심이 바로 중화가 아니겠는가. 우리 인간은 본시 창조적인 생활을 할 수 있다는 것이 무릇 다른 동물과는 다른 것이다. 창조적인 생활은 수많은 경험과 사고를 통하여 전해 올 수 있다. 그런데 정신의 집중은 치우치지 않은 우리의 마음에서 올 수 있다는 것이다. 밥을 먹되 밥이 목적이 될 수 없고 술을 마시되 술이 목적이 될 수가 없는 것이다. 목적이란 오로지 서로의 이해관계를 통하여 좀 더 이성적으로 활성화되고 사교적으로 되라는 처세가 될 수 있다. 우리가 가는 길, 그 머나먼 길 속에서 무엇을 느끼면서 살아가는가? 중화의 정신이란 모든 사람에게 조금씩 만족을 주면서 살아가는 것이다. 개인, 즉 자신에게도 만족을 선사하고 가장 가까운 가족에게도 만족을 선사하고 지인과 동료 등 많은 사람에게 만족을 선사하는 우리가 되어야 하는 것이다. 업무와 건강의 중화 그리고 취미와 살림의 중화. 얼마나 인생을 멀리 보느냐에 의해서 우리의 하루는 분명히 달라진다. 얼마나 인생을 넓게 보느냐에 의해서 우리의 생각이 달라진다. 그리고 그것은 행동의 밑천이 되고 인격의 실마리가 될 수 있다는 것이다. 자는 시간과 노는 시간, 공부하는 시간과 실천하는 시간 그 시간의 적절한 분배를 통하여 우리는 인생의 풍요로움을 더 느끼고 향유할 수 있다는 것이다. 가치 중립적인 사고방식을 몸에 지닐 때 무엇이든지 어떤 상황이든지 우리는 이겨 낼 수 있고 희망을 품을 수 있다는 것이다. 주된 것과 부가되는 것들을 적절하게 조화시키고 주가 되는 것의 전문적인 소양과 동시에 부가되는 것의 다양한 식견을 견지하는 것이 중요하리라. 자연은 우리 건강의 바로미터이다. 자연을 감상하고 즐기고 또 자연화가 될 때 우리는 가장 소중한 사람이라는 생각이 든다. 파란 하늘을 건강한 눈으로 바라보는 것과 졸리고 피곤한 눈을 가지고 바라보는 것 중 우리는 무엇을 선택할 것인가? 나이가 들수록 중화의 미는 우리 신체에도 깊숙이 체득되어 빛을 발하게 될 것이다. 하루살이의 삶과 100년살이의 삶은 무릇 달라야 한다. 100년을 건강하고 희망적이고 밝은 미소로 살아가려고 한다면 분배의 미덕을 살려야 하는 것이다. 작게도 중화이고 크게도 중화이다. 적절한 만족이 대국적이고 미래적이다. 감정의 불을 끄고 냉정한 이성의 중화로 힘차게 내디뎌 보자. 나 자신과 가족과 친구와 모든 지인을 위하여….

중국인의 철학

중국은 한자를 사용하는 국가다. 한자를 사용하는 국가답게 철학적 사상도 한자가 풍미한다. 알다시피 한자는 6서(六書), 즉 상형·지사·형성·회의·전주·가차로 구성되어 있다. 한자와 다른 문자와의 차별성은 바로 하나의 음과 여러 개의 훈으로 구성되었다는 것이다. 훈에는 또 다양한 뜻이 있고 그것이 조합이 되면 그 의미는 더 함축되고 정제되어진다. 그런 면에서 봤을 때 한자란 매우 훌륭한 문자임은 틀림없다. 그 문자를 폭넓게 활용하고 최고의 가치를 향유하고 있는 국가가 바로 한자의 종주국 중국이라는 생각이 든다. 물론 사자성어를 포함하여 소위 문자라고 하는 한문은 동양 철학이나 역사 또는 사상에 무수히 많다. 지금도 많은 사람이 자신과 조직의 의사 표현을 할 때 은은한 한문에 비유하여 의견을 피력한다. 예로부터 직간접적으로 영향을 주고받은 주변 국가 일본을 살펴보자. 이웃 일본은 교토에 있는 일본한자능력협회에서 1995년부터 매년 한자를 한 자(一字)씩 선정한다. 1995년 지진의 영향으로 진(震), 이듬해는 식중독의 식(食), 연쇄 부도의 도(倒), 독극물 사건의 독(毒), 세계적 사건 빈발로 말(末), 시드니 올림픽 금메달과 남북 정상 회담의 김·금(金), 미군의 아프간 공격으로 전(戰), 납북자 귀환으로 귀(歸), 프로 야구 한신의 18년 만의 우승으로 호(虎), 배용준 등 한류 열풍으로 한(韓)이 선정되어 오다가 2005년에는 지진과 허리케인 등으로 인한 각국 지원 활동과 일본 공주의 결혼 등으로 애(愛)를 선정하였다. 한 해를 보내면서 반추하는 마음으로 이렇게 한자를 선정하는 것은 대단히 의미 있는 일이다. 그런데 우리나라에서도 지난 2001년부터 《교수신문》에서 교수들을 상대로 한 설문을 통하여 연말에 사자성어를 선정하고 있는데 그동안 선정했던 한자를 살펴보면 다음과 같다. 2001년에는 국민의 정부 후반기로 정국을 한 치 앞을 내다보기 어렵다는 오리무중(五里霧中)이 선정되었고 2002년에는 철새 정치인을 빗대는 용어로 이합집산(離合集散)이, 2003년에는 정부의 정책을 빗대는 우왕좌왕(右往左往)이 선정되었다. 2004년 역시 정치 상황을 빗대는 같은 것만 취하고 다른 것은 친다는 당동벌이(黨同伐異)가 선정되었으며 2005년도에는 지도층과 국민의 화합이 미흡했다는 의미로 상화하택(上火下澤)이 선정되었다. 특히 2005년의 경우, 상화하택은 《주역》에 나오는 말로 불은 그 성격상 위로만 올라가는데 물은 성격상 아래로 흐르니 상하 조화가 되지 않는다는 뜻이다. 한자 선정의 결과를 놓고 봤을 때 일본은 굉장히 사실적인 반면에 우리는 일부 추상적이고 주관적인 감도 없지는 않은 것 같다. 그건 그렇고 중국을 보자. 중국이 매년 어떤 한자를 선정한다는 말은 들어 보지 못했지만 그들의 생활과 정치 그리고 현실과 결부된 철학적 사상이 융합된 한문이 있다. 가장 합리적인 가치를 정해 놓고 그 가치에 따라 중국인의 문화와 역사를 이어 간다고 하면 지나친 비약일까? 그런 면에서 매년 연말에 한 해를 반추하면서 사자성어를 설문하는 우리나라와 연말에 한 자씩 한자를 선정하는 일본과는 뭔가 다른 국가가 바로 중국이다. 중국은 90% 이상의 한족과 56개의 소수 민족으로 구성되어 있다고 한다. 그 많은 소수 민족을 통치하기 위해서는 전통적으로 그에 따른 대책이 필요했다. 그것이 바로 기미정책(驪靡政策)이다. 기미라는 말은 말의 고삐를 뜻하는데 말의 고삐를 잡고 때로는 느슨하게 때로는 옥죄어 잡고 말을 통제 및 관리하듯이 주변의 소수 민족을 그렇게 통제한다는 것이다. 그리고 그 정책은 지금도 효력을 발생하고 있다고 할 수 있다. 또한, 대외 정책 면에서는 등소평 시기부터 줄곧 사용했던 도광양회(韜光養晦)라는 말이 있는데, 이것이야말로 그들의 속마음을 알 수 있는 말이다. 드러내지 않고 조용히 힘을 기른다는 뜻이다. 비슷한 말로 구밀복검(口蜜腹劍)이라는 말도 있는데 혹자는 일본을 빗대는 말로도 자주 사용한다. 그런데 중국은 후진타오 등 제4세대 지도부가 출범하면서 거대한 공룡이 포효하며 일어서는 것처럼 평화롭게 우뚝 서겠다는 화평굴기(和平掘起), 때에 따라서 필요한 일은 거침없이 하고야 말겠다는 유소작위(有所作爲)와 현실적인 힘을 기르겠다는 부국강병(富國强兵)이라는 말로 은근히 국력도 과시하고 있다. 즉, 이제 중국은 드러내 놓고 강대국의 위상을 확보하겠다는 자신감과 함께 쉬지 않고 발전해야겠다는 야심 찬 희망 등이 사자성어에서 보이는 것 같다. 지난 2000년대 초반에 불어닥쳤던 고구려사 왜곡인 동북공정(東北工政) 시스템도 이러한 정책의 일환으로 보인다. 늦은 감은 있었으나 지난 2004년 우리나라의 대응 일환으로 고구려사 연구 재단을 발족한 것은 매우 다행스러운 일이다. 중국인과 중국은 일단 대국다운 발상으로 주변의 안정을 매우 중요하게 생각한다. 사실 모든 일은 안정에서 시작되고 안정으로 끝을 맺고 싶어 하는 게 인지상정이다. 우리 개인도 일단 안전과 안정이 보장된 상태에서 창의력과 추진력이 발현될 수 있고 사회나 직장 그리고 국가도 마찬가지일 것이다. 그런데 중국은 거국적으로 평화와 안정을 강조하는 것이다. 중국은 19세기 말과 20세기 초에 서방 세계와 일본에 당했던 치욕을 늘 되새기면서 대국의 자존심을 회복하려는 안간힘이 엿보인다. 지금 우리나라는 중국과 첨예한 이해관계로 엮여 있다. 북한의 핵 문제만 하더라도 중국의 문제나 다름 없다고 생각하고 있다. 그들은 안정이 중요하기 때문이다. 그래서 최근 몇 년간 중국은 북한과의 관계에서 삼신(三新), 즉 새 역사 시기, 새 정세, 새 수준으로 전성기를 이루고 있다고 보는 사람이 있다. 또한, 중국은 같은 맥락으로 외교의 신사고(新思考)를 강조하고 있다. 바로 목린(睦隣), 안린(安隣), 부린(富隣)이 그것이다. 중국과 중국인은 수많은 동양 철학의 정수에서 지혜를 배우려는 동양의 대국다운 위세를 확립하고자 안간힘을 쓰고 있다. 하루하루가 급변해 가는 세계에서 우리는 무엇을 취사선택해야 하는지 곱씹어 볼 수 있어야 한다. 개인은 개인대로 곱씹어 보고 사회, 조직, 국가도 마찬가지의 입장에서 말이다. 삼라만상이 존재하는 곳에서 산다는 것은 상호 조화롭게 더불어 사는 것이 중요하다고나 할까….

인간의 장점

　부처님께서는 인간으로 태어나신 후 일곱 발짝을 아장아장 걸으면서 "천상천하유아독존"이라고 계송을 하셨다는 기록이 있다. 우리 인간은 부모님으로부터 태어났지만 진정으로 위대한 존재라는 것을 암시하는 대목이다. 부모님은 자식을 항상 자기 수하의 부속물처럼 생각하는 경향이 있다. 물론 미성년자 시절에는 그렇지만…. 부처님께서 태어나자마자 이렇게 일성을 외쳤다는 것은 인간의 위대성과 존귀함에 대한 다른 시각을 보여 준다. 만물의 영장이며 우주의 축소판이라는 인간, 우리는 이러한 고귀한 인간으로서 무엇인가 남다른 특색과 소질과 취미와 특기를 가지고 있다. 그래서 최소한의 자존심이 있다고 한다. 자존심이 최소한이라는 것은 데이비드 홉킨스의 《의식의 혁명》에 나오는 포스(Force)의 의식에서 제일 먼저 등장하는 말이다. 그래서 우리가 흔히 "자존심을 지켜라."라고 하는 것은 최소한의 의식을 가지고 있으라는 뜻이지, 자존심이 무슨 대단한 의식을 말하는 것은 아니다. 그 책에 보면 인간의 의식은 두 가지 범주가 있다고 한다. 파워(Power) 의식과 앞에서 말한 포스(Force) 의식이다. 우리는 파워 의식을 소유할 수 있도록 노력해야 한다. 파워 의식과 포스 의식을 첫 글자만 풀어 쓰면 깨평기사이포자중용, 자분욕두슬무죄수이다. 우리 인간에게 이러한 17단계의 의식 수준이 존재할 수 있다는 것만으로도 인간이 얼마나 위대하고 고귀한 존재인가를 한눈에 알 수가 있다는 것이다. 인간 그리고 사람들, 들으면 가슴이 뛰는 말이다. 얼마나 귀중한 존재이기에 가슴이 뛸까? 불교의 일설에 의하면 인간이 윤회한다고 봤을 때 사후에 인간으로 다시 태어날 확률은 10분의 1이라고 한다. 태어난 것 자체가 10명과 싸워서, 경쟁해서 태어난 것이다. 대단한 경쟁률이다. 그리고 또 우리는 선택을 당하고 살아가는 방식을 결정한다. 물론 모두가 보람차고 활기 있고 섬세하고 가치 있으며 인류에 공헌하는 삶을 살고 후세에 이름을 남기기를 바란다. 그것은 우리 인간의 인지상정이다. 그런데 문제는 이런 위대한 인간으로 태어나는 영광을 얻었는데 그것을 함부로 하는 사람이 있다는 것이다. 막 사는 사람, 바로 그들이다. 왜 인간으로 태어나서 동물처럼 살아가는가? 바로 인간이 곧 동물이기 때문이다. 천성적으로 동물인 인간은 그래도 고등 동물이기에 언어와 의복을 사용하고 숙식을 하는데 스스로 이런 것을 할 수 있는 능력 그리고 더 나아가 타인에게까지 인간의 능력을 보여 주는 지혜로운 사람이 있을 때 우리는 그들을 진정한 인간이라고 얘기한다. 후천적인 능력의 발휘! 그것은 환경일까? 자발적 능력일까? 아니면 어떤 외부의 안내자나 스승의 지도 덕분일까? 그보다 더 중요한 발견은 우리 인간에게는 암흑에서 빛나는 보석 같은 개인적 장점과 잠재 능력이 있다는 것이다. 그 능력과 장점은 발현될 수도 있고 묻힐 수도 있다. 우리는 성인으로서 청소년이 잠재 능력을 발휘할 수 있도록 여건을 조성하고 그들에게 조언하고 칭찬해야 한다. 장점은 질책으로는 나타나지 않는다. 꾸준히 발견하도록 주위에서도 지속적으로 노력해야 한다는 것이다. 그 과정에서 부모의 역할이 매우 중요하다. 자식은 부모의 거울이다. 부모도 자식의 거울이다. 자식 농사는 곧 인생의 농사요, 자신의 인생 전반에 걸친 산출물이다. 부부 관계는 너무나 중요하다. 날마다 싸움만 하는 집에서 훌륭한 자식이 나올 리 없고 부부간에 매일 무시하고 트집 잡고 욕하고 때리는 집에서 대견스러운 자식이 나올 리 만무하다. 인간관계의 원초적인 실험은 부부 관계이다. 애인 사이와 부부 사이는 그런 면에서 매우 다르다. 그래서 인생의 결정 중에서 결혼이 가장 중요한 결정이라고 한다. 누구와 무엇을 하며 어떻게 살아갈 것이냐는 부지불식간에 우리가 간과할 수 있는 매우 성스럽고 아름다운 인간의 선택이다. 그 선택은 바로 결혼관과 직업관 그리고 가치관을 뜻한다. 그런데 완벽한 커플이 세상에 존재하는가? 아니다. 절대로 완벽한 커플은 탄생할 수 없다. 단지 완벽해지려고 노력할 뿐이다. 직업이나 가치관도 두말할 필요도 없다. 여기서 우리는 우리의 반려자, 동행자, 자식, 친척, 친구, 상관, 동료 등과의 인간관계에서 가장 기본적인 것이 무엇인가를 생각해 보자. 바로 그분들의 장점을 열거하고 칭찬하고 격려하고 사기를 올려서 자기 사람으로 만들어야 한다. 나의 단점을 부각하되 상대방은 장점을 부각하는 것이 인간관계의 기본이다. 그래서 《채근담》에도 "남이 당신에게 베풀었던 은혜는 반드시 기억하고 당신이 남에게 베풀었던 일은 반드시 망각하라."라는 말이 있다. 타인 위주의 배려하는 삶의 전형적인 표현이다. 그렇다. 우리는 남을 배려하는 마음으로 살아가야 한다. 남을 배려하는 마음은 먼저 상대방의 장점을 부각해 상대방이 '칭찬을 받고 배려를 받을 만하구나.'라는 마음과 자신감이 들게 만들어야 한다. 그 길만이 부처님께서 말씀하신 '천상천하유아독존'을 스스로 실천하는 길이다. "가는 길이 고와야 오는 길이 곱다, 인과응보, 심은 대로 거둔다, 하늘은 스스로 돕는 자를 돕는다."라는 말 등도 모두 이러한 배려의 마음을 강조한 것이다. "남에게 존경받고자 하는 만큼 너희도 남을 존경하라."라는 성경 말씀도 있다. 우리는 타인의 장점을 발견하자. 그리고 칭찬하고 존경하자. 상대가 누구이며 어떤 일을 하든 간에 우리는 타인과의 관계를 저버릴 수는 없는 것이다. 일이 안 풀릴 때는 원점으로 돌아가라고 한다. 사람이 살아가면서 가장 가까운 부부에서부터 처음 보는 사람에 이르기까지 그들의 장점을 칭찬하고 격려하고 사랑하는 것은 바로 우리 인간이 인간다울 수 있는 시작이라고 생각한다. 그다음에 또 공헌할 분야가 있을 것이다. 다른 말로 위대한 인간은 위대한 도덕인부터 시작된다고나 할까? 불교에서 '탐진치'를 조심하라고 한다. 3독이다. '탐'은 욕심이고 '진'은 화내는 것이며 '치'는 어리석은 것이다. 자! 가만히 생각해 보자. 타인의 장점을 발굴하여 칭찬하는 것이 몸에 밴 사람이라면 인생을 어떻게 살아갈 것인가? 겸손할

것이다. 그리고 불교에서 강조하는 3학인 '계정혜'에 특출한 이력을 남길 수
있을 것이다. 우리는 타인의 장점을 보자. 그리고 무지한 사람에게는 깨우치
는 방법을 알려 주자. 채찍과 당근의 수법을 조화해 가면서….

이심전심

부부간에 제일 중요한 것은 이심전심이다. 말로 안 해도 척척 상호 통하는 사이가 되는 것이다. 그것이 바로 백년해로의 지름길이고 행복에 이르는 첩경이며 가화만사성을 할 수 있는 계기가 될 수 있다. 강요해서 되는 것도 아니고 바라서 되는 것도 아니다. 단지 상황을 파악하고 그 상황에 맞게끔 행동하면 되는 것이다. 마음은 정말 이심전심 같지만 상대방의 입장에서 나 역시 이심전심했는가 하는 의문을 던져 본다면 또 그렇지 않다. 이심전심이란 어쩌면 내 생각을 말한 것인지도 모르겠다. 자란 환경이 다르고 생각이 다르고 행동이 다르고 상대방을 대하는 모든 것이 다르다. 부모의 지도가 전부인 것 같지만 결국은 스스로 판단해야 한다. 단지 부모는 방향을 제시할 따름이다. 그러나 핵심적인 어떤 문제에 봉착했을 때 우리가 해야 하는 것은 무엇이냐? 위기에 봉착해 보면 그 가정의 뿌리와 그 가정의 가풍을 알 수 있다. 위기를 슬기롭게 넘기려고 했을 때 하늘도 복을 주고 기회를 주고 모든 능력을 줄 수 있다. 그러나 위기를 모르고 넘겨 버린다면 어떻게 될까? 아니 위기의식을 갖지 못한다면…. 그러한 측면이 가장 걱정이 된다. 그리고 그에 대한 해법은 무엇일까? 무엇이 우리에게 진정한 해법을 가져다주는 것일까? 놓치지 않아야 한다. 한 가지, 한 가지에 집중해야 한다. 말보다는 실천이고 과거를 통하여 미래를 엿보아야 한다. 그 방법이 최고다. 최선을 다한다는 것은 무얼 했느냐가 중요하다. 물론 어떤 인식을 가지고 했느냐는 인식론적 방법이 중요한 것도 사실이다. 그다음이 실천이기 때문이다. 생각을 하고 그 생각을 치밀하게 계획으로 발전시키고 실행에 옮기고 평가까지 생각해 보는 것이 이른바 가장 흔한 관리 기법이다. 어떤 사태가 발생하면 종합적으로 검토하고 생각해야 하는 것이다. 그런데 지금 우리는 어떻게 하고 있는가? 현실에 대한 인식과 함께 과거의 경험을 토대로 제대로 계획을 세워 추진했느냐는 원초적인 질문에 나 자신도 답변할 수 없다. 그 누구를 원망할 수도 없는 노릇이다. 온정적으로 그래야 하지 않느냐 하는 비논리적인 해답도 필요 없다. 그것은 결국 사건의 해결은커녕 문제만 확대하기 때문이다. 그래서 비논리적이고 추상적인 이심전심의 개념으로는 모든 것을 맡길 수도 실행할 수도 없는 것이다. 우리가 어떤 일을 실행할 때 가장 중요한 방법은 무엇일까? 인간적인 측면에서 최선을 다하는 것이다. 그것은 바로 노력이라는 한 마디로 압축할 수 있는데 노력은 말 그대로 과학적이면서도 논리적으로 우리의 계획을 세워서 최선을 다했느냐의 문제로 해법 논리를 추론해야 하는 것이다. 나는 지금 이것을 피력하고 있다. 그리고 이것만큼 중요한 논리도 없다. 두 번째 우리가 기대하는 어떤 현상에 대한 해결 방안으로는 행운을 비는 것이며 그다음은 기적을 기대하는 것이다. 자, 이제 해법 논리를 다 얘기했다. 이심전심은 행운, 즉 운이 한 축이 될 수밖에 없다. 내가 이심전심을 기대하는 것은 운을 기대하는 것과 전혀 다름이 없다. 운을 기대하는 것은 전에도 말했지만, 그 노력의 산물인 계획 수립 여부와 실천 여부에 달린 것이다. 하루하루를 살아가면서 모든 것은 그냥, 대충 그리고 스스로 굴러 들어올 수 없다는 사실을 명심하고 살아가야 한다. 이것을 간과하면 타인에게, 가족에게 그리고 그가 누가 되었든지 상대방에게 피해를 줄 수밖에 없다. 계획을 다시 한번 간추려 보자. 더더욱 치밀하게 말이다.

행복과 지혜

행복과 지혜, 어찌 보면 어울릴 것 같지 않는 말이다. 행복하려면 지혜로워야 하고 지혜로우면 행복하다는 말도 성립이 될까? 행복의 원래 의미는 다행스러운 복이다. 순우리말인 기쁨과도 매우 유사하지만 기쁨보다는 왠지 좀 더 깊은 뜻을 내포하고 있는 듯하다. 길거리를 걸어가면서 아무에게나 물어보자. 당신이 살아가는 궁극적인 목적이 무엇이냐고. 열이면 열, 다들 행복한 삶을 원한다고 할 것이다. 행복의 반대말은 불행이다. 엄밀히 따져 보면 불행복이 맞는 것 같은데 불행이라는 단어가 언제부터인가 행복의 반대말로 쓰이고 있다. 다행스럽지 못하다는 것이다. 행복의 행은 다행 행, 요행 행, 바랄 행 등의 뜻이 있다. 결국 행복이란 어쩌면 과학적이지 못한 우리의 마음이란 뜻이 된다. 얼마나 다행이어야 행복이고 얼마나 요행이 있어야 행복이며 얼마나 바라는 것이 이루어져야 행복일까?

자연과 행복은 관계가 있을 것 같다. 자연스러운 행동이란 자연과 합일된 그리고 순리가 동반된 행동을 말한다. 자연은 공생의 원리를 가지고 있다. 산천초목, 삼라만상은 서로를 공생시키며 존중하면서 생존을 병행한다. 산이 높으면 골이 깊어서 조화가 이루어지고 강이 넓으면 산이 있어서 물의 흐름을 차단한다. 사시사철과의 조화도 그렇고 열대성 식물과 한대성 식물의 생존에 있어서도 본모습은 조화의 작품이다. 즉, 자연스럽다는 것이다. 순리적이라는 것이다. 행복은 이 순간 가장 순리적이고 자연스러운 조화가 진행된다고 느낄 때 가장 행복한 것이다. 그러나 그것은 행복의 가장 기초적인 것이라는 생각이 든다. 행복의 시작인 것이며 행복해지려는 마음인 것이다. 행복의 더 깊은 맛은 역시 인간의 지혜가 동반되어야 한다. 지혜는 자연스러운 법칙과 순리를 더욱 복잡한 상황에서 생각해 내는 최선의 앎과 실천이다. 지혜에도 근본이 있다. 노자의 《도덕경》에서는 "어려울수록 돌아가라."라고 한다. 어디로 돌아가느냐? 근본으로 돌아가 보자는 것이다. 근본이란 처음이요, 초심이며 원점이다. 우리 가요에도 원점으로 돌아간다는 노래 가사가 있다. 지혜의 해법이란 바로 원점, 초심에 있다는 것이다. 그래서 '반자도지동(反者道之動)'이라고 노자는 갈파하였다. 초심으로 돌아가는 것이 도가 움직이는 것이라고 했다. 어려울 때와 힘들 때 그리고 일이 잘 풀리지 않을 때 우리는 근본으로 돌아가 보아야 한다. 방향이 틀리는데 아무리 열심히 해 본들 그것은 실패를 누적시키는 일만 되고 만다. 헛일이라는 것이다. 그런데 모든 사안을 근본으로 돌릴 수는 없다. 아는 것은 그리고 확신이 서는 사항은 그냥 밀고 나가면 되는 것이다. 그러나 실패가 거듭된다면 그것은 다시 한번 행동을 멈추고 반추해 보아야 한다. 불행과 행복은 자연의 순리와 진리에서 나온다. 그리고 과학적인 이론이 아니다. 물론 과학적인 것이 자연스러운 것이고 논리적으로 맞는 것이며 증명 가능한 것이지만 행복은 그러한 차원을 넘어서는 것이다. 지혜가 동반되는 것은 사회적으로, 관습적으로 우리가 늘 증명할 수 없는 자연스러운 것이지만 지혜와 행복은 반드시 깊은 연관이 있을 것이다. 자, 우리 모두 행복하기 위해서는 좀 더 지혜를 터득하고 터득된 지혜를 실천하고 또 평가해 보자. 완벽한 행복이 자기중심적인, 그래서 이기적이고 배타적인 행위의 결과가 아니라면 행복 자체도 서로 나누어 가져야 한다. 그것이 완전한 행복보다도 더 완벽한 지혜의 행복이다. 우리는 차분하게 행복한 생활을 영위해 보자. 자기 능력에 부합되도록….

문명과 자연

　세계 사람 중에 특히 아랍인들의 삶이 자연과 친숙하고 가깝다는 말을 들었다. 베스트셀러인 《연금술사》 역시 이러한 아랍인의 삶을 조명한 책이다. 아랍인은 이슬람이라는 종교를 믿는다. 세계 4대 종교라 하면 기독교, 이슬람교, 불교, 힌두교인데 그 나름대로 다 깊은 철학이 있지만 이슬람교는 아주 단결력이 강하고 매우 호전적인 종교로 소문이 나 있다. 건드리면 터지는 뇌관처럼 평화로운 이슬람 세계에 이민족 국가가 시비를 건다든지 했을 때 그들은 가차 없이 응징하려고 한다. 힘에는 힘으로 밀어붙이는 형국인 것이다. 그러나 힘이 부족하다고 느낄 때 그들은 다른 방법을 선택한다. 예를 들어 인체라면 전신을 공격하는 것이 아니고 사지라든지 다른 치명적인 곳에 상처를 주는 것이다. 근본적으로 이슬람인들은 자연을 사랑하는 것 같다. 문명의 이기보다는 태고의 자연이 그들을 만족시킨다는 것이다. 그래서 그들은 그들만의 독창적인 생활 방식을 고집하는 경우가 많다. 그리고 그들은 그들의 생활과 정반대인 문명의 극치 국가를 미국이라고 상정하고 있는 듯하다. 미국은 석유 자원이 풍부한 중동 지역과는 긴밀한 관계를 유지해야 한다. 에너지의 60% 이상을 중동 석유로 쓰고 있기 때문이다. 그런데 미국과 중동 이슬람의 공생 관계는 아직도 묘하다. 지난 2001년 9월 11일, 뉴욕 무역 센터 빌딩에서 테러가 발생했다. 인근 비행장에서 여객기를 납치하여 세계무역센터 쌍둥이 빌딩에 돌진한 것이다. 그 테러범들이 이슬람인이었다. 그들은 이슬람의 알카에다 국제 테러 조직이었으며 그들의 우두머리는 빈 라덴이었다. 미국과 중동은 최첨단과 미개의 양극단에서 항상 위기가 도사리고 있었으며 1991년 걸프 전쟁에서 그들은 미국의 위용과 군사력 앞에 치를 떨었을 것이다. 그 후로 여러 가지 정황과 맞물려 그들에게는 미국이 악의 제국으로 비쳤을 것이다. 그래서 그들은 비밀리에 아프가니스탄에서 테러를 준비하였고 21세기의 희망찬 도래와 함께 전쟁과 참화란 무엇인가를 새롭게 각인시켜 주었다. 미국은 바로 응징했다. 아프가니스탄을 쑥대밭으로 만들고 탈레반 정권을 무너뜨렸다. 이어서 2003년에는 이라크에 대한 공격에 나서서 약 1개월 만에 후세인 정권을 완전히 무너뜨렸다. 이라크에 대한 공격도 알카에다의 배후 세력으로서 대량 살상 무기를 만들고 보유하며 대다수 이라크 국민에게 철권통치를 하는 후세인을 제거하기 위해서였다. 그러나 이라크에서 대량 살상 무기는 발견되지 않았다. 수많은 사상자를 내면서 정권만이 교체된 것이다. 1989년 몰타 회담에서 당시 소련의 고르바초프와 미국의 부시 대통령이 냉전 종식을 선언한 후, 지금 세계는 민주주의와 공산주의라는 이념 분쟁이 사라지고 그 대신 그동안 누적되어 왔던 민족, 종교 등의 갈등이 수없이 분출되었고 그러한 맥락에서 중동 국가들은 자기들의 의사와 관계없이 제1차 세계 대전 이후 분할되었던 국경선 조정 문제 등에 잠재적인 불만들을 품고 있었을 것이다. 그리고 그 중동 국가 축에 이라크가 존재하였고 이라크를 중심으로 중동 국가를 재편하고자 했던 후세인의 야망이 쿠웨이트 침공, 알카에다 조직 배후 조종 등으로 나타난 것을 미국은 파악하고 있었던 것이다. 세계는 제2차 세계 대전 이후 양극 질서 속에서 공생의 길을 걸었는데 이제는 미국이란 강력한 일국에 의해 군사력을 포함한 국력이 투시되고 있다. 인류는 더 이상의 전통적인 군사력에 의한 전쟁을 회피하면서 인류의 삶의 질을 향상하려 노력하지만 끊임없는 자국의 이기주의는 못 먹는 감 찔러나 보자는 식의 테러, 즉 21세기형 전쟁으로 나타나게 된 것이다. 테러는 공격 주체가 불분명하고 시간과 장소에 제한이 없으며 대상이 남녀노소를 막론한다. 그래서 미국 신보수주의자들은 테러를 기나긴 전쟁(The Long War)으로 규정하였다.

무엇인가를 추구하며

　우리는 지금 무엇을 갈망하며 추구하고 있는가? 인간에게는 누구나 의식 작용이 있다. 그러한 의식 작용이 우리에게 수많은 의욕을 주고 희망을 주고 할 수 있다는 자신감을 준다. 진정으로 우리가 추구하는 것은 무엇인가? 욕망을 절제하는 것인가? 아니면 욕망을 실현하는 것인가? 어떤 면에서는 절제와 실현이라는 양극에 있지만 결국 동일한 선에서 만나게 되지 않을까? 경제학에 기회비용이라는 말이 있다. 하나를 추구하면 다른 하나는 포기해야 한다는 것이다. 두 가지를 다 추구할 수는 있지만 그만큼 전문성과 숙달 정도, 실현성 측면에서 한 가지보다는 두 가지가 떨어질 수밖에 없다. 예를 들어 술도 먹고 담배도 피웠을 때 그 사람의 건강은 불을 보듯 뻔하다. 물론 얼마나 그렇게 살았는지도 중요한 문제이지만 좋은 것을 다 하고, 하고 싶은 것을 다 할 수는 없다는 것이 우리 인간의 공통된 의식인 것이다. 권력과 명예의 문제도 그렇다. 권력도 명예도 다 가지려고 하면 실현성 측면에서 두 가지 다 불만족할 수 있다. 그중 한 가지는 포기해야 마땅하다. 권력은 일시적인 것이지만 명예는 영원한 것이다. 권력은 잘 사용하면 득이 되지만 잘못 사용하면 해가 되고 죄인이 되기도 한다. 그러나 명예라는 것은 그것이 잘못되었다고 손해가 보거나 타인에게 해를 끼치지 않는 것이다. 모든 자연 현상에는 순리라는 것이 있다. 《명심보감》에도 "순천자는 흥하고 역천자는 망한다."라는 말이 있다. 그러면 어떻게 순리를 이해하고 순리를 따를 것인가? 이것이 우리가 갈망하고 추구하는 것의 핵심이다. 우리가 요구하고 원하는 것은 무지하게 많다. 하나둘이 아니다. 예를 들면 건강, 친구, 돈, 명예, 업무, 가화, 운동, 거주, 숙면, 연애, 여행, 희망 등등 셀 수 없이 많다. 인간은 모두 태어나면 죽는다는 것은 자명한 이치인데 주위를 둘러보면 죽음의 길목에서 아주 평화로운 사람이 있는가 하면 고통과 시련 속에 있는 사람도 있다. 노래질병 장시초적(老來疾病 壯時招的)이라고 했던가? 젊어서 건강을 주의하지 않고 폭음, 폭식, 과로, 과색 등 번뇌로 얼룩져 있던 사람들은 초로에 건강을 장담할 수 없다. 건강하지 않으면 모든 것은 허상이 되어 버린다. 그래서 건강한 삶이 우리가 가장 추구해야 하는 절대적인 것이다. 그다음은 이성적 판단과 현실적 환경에 따라서 그때그때 계획과 실행을 반복하면서 살아가야 한다. 건강은 우리에게 필수적인 것이지만 요즘 유행하는 병 중에 스트레스라는 병이 있다. 정신적인 질병이다. 자기 주위에서 오는 여러 가지 다양한 환경에 적응하지 못하고 정신적으로 질병을 앓고 있는 것이다. 따라서 몸이 건강하면 당연히 정신적인 건강이 우선이다. 정신은 맑아야 한다. 흐릿한 정신에서 스트레스를 피하기는 어렵다. 맑은 정신은 비우는 데 있다. 투명한 유리에 갖은 색깔을 지닌 음식을 채워 보자. 유리는 금방 투명한 본질을 잃어버리고 퇴색되어 버린다. 우리의 마음도 그렇다. 온갖 욕망덩어리를 잊어버리고 비워 버리자. 어떻게? 그것은 이치를 아는 데 있다. 순리를 아는 데 있다. 자연에서 얻어야 한다.

《Ping》이라는 책

　스튜어트 에이버리 골드의 야심작 《Ping》이라는 책이 있다. 우화이다. 이 책에는 정말 주옥같은 명언들이 수록되어 있다. 한 번만 들어도 가슴에 와 닿는 얘기들이다. 약 200페이지의 책은 우리 인생의 희망과 비전, 자신감 등에 대해 아주 진솔하게 표현하고 있다. 우리 인생은 숙제를 안고 태어난 것이 아니라 축제의 분위기에서 태어났고 날마다 축제의 분위기로 살아가야 한다는 글도 적혀 있다. 물론 비슷한 얘기는 다른 서적이나 불경 등에도 많이 나와 있기는 하다. 하지만 "위험은 기회를 현실로 만들 수 있는 것이다, 실패의 연속이야말로 우리 인생의 가장 가치 있고 보람 있는 일이다, 끝없는 노력 가운데 행복이 있고 행복은 도착지(목적)가 아니고 과정이다."라는 문구는 정말 득도한 사람이 썼나 하는 생각도 들었다. 이 책은 경영학서요, 혁신서이자 경제학서이다. 인생의 지침이 될 만한 책이요, 청소년들에게 비전을 줄 수 있는 책이다. 스펜서 존슨의 《누가 내 치즈를 옮겼을까?》 혹은 《선택》 등의 좋은 책도 많고 《선물》이라는 책도 훌륭하다. 그러나 그러한 내용을 다 포괄하면서도 간명해 이해가 용이하다는 것이 이 책의 특징인 것 같다. 행복을 찾아서 선택을 하고 비전을 지니며 행동을 통하여 행복을 창조한다는 것이다. 여기서 가장 중요한 것은 현 생활에 안주할 것이냐 아니면 막연히 열심히만 할 것이냐이다. 그래서 현실을 타파하는 방법 중 하나가 바로 현실을 뛰어넘어 도약하고자 하는 마음의 자세이다. 그런 의미에서 이 책은 심리학서이기도 하다. 융통성을 강조한 것도 특이한 내용이다. 그리고 유연성과 융통성은 물의 철학에서 배울 수 있다고 강조한다. 저자가 강조한 내용을 간추려 본다.

37

- 이 세상에서 가장 의미 있는 여행은 바로 나 자신의 내면을 향한 여행이다.

- 가슴 뛰는 삶, 남들과 다른 삶을 살려면 우리에게는 두 가지 자질이 필요하다. 첫 번째로 필요한 자질은 주어진 대로, 운명대로 사는 삶이 아니라 내가 추구할 수 있는 가장 '최상의 삶'을 살고자 하는 '강렬한 열망'이다. 그것이 없이는 아무것도 시작되지 않는다. 두 번째로 필요한 자질은 바로 그 열망대로 매일 매일 살아갈 수 있도록 지탱해 주는 힘, 즉 '결단력'과 '자발적인 의지'이다.

- 변화가 나를 휘두를까 봐 두려워하고, 위험을 무릅쓰다가 처절히 실패할까 봐 두려워하고, 누군가 당신이 내건 목표나 꿈을 조롱하거나 무시할까 봐 두려워하는 것. 이 세 가지가 바로 진정한 의지와 성장을 가로막는 적들이다.

- 용기는 두려움이 없는 상태가 아니다. 진정한 용기란 두려움에도 불구하고 행동하는 상태이다.

- 삶은 내가 의도한 대로 살 수 있을 때 비로소 내 것이 된다.

- 항상 세심하게 길을 살펴라. 보이는 것과 보이지 않는 것에 주의를 기울여라.

- 네가 가는 길에 아무 장애물도 놓여 있지 않다면, 그 길은 그 어디로도 너를 데려가 주지 못한다.

- 지금 내가 말하는 길(Way)은 눈에 보이는 그 길을 말하는 게 아니다. 이 우주의 숨결로 가득 차 있는 '영혼의 지도'를 일컫는 것이다. 네 안에 그리고 네 밖에 항상 너를 위해 존재하고 있는 그것 말이다.

- 내가 진정 누구이며 무엇이 되고 싶은지, 네가 가야 할 길이 어디인지 알려 주는 그것이 바로 비전(Vision), 즉 진정한 눈이다.

- 네가 꿈을 꾸지 않는 한, 꿈은 절대 시작되지 않는다. 언제나 출발은 바로 '지금, 여기'다. 그러므로 무언가 되기(Be) 위해서는 반드시 지금 이 순간 무언가를

해야(Do)만 한다.

- 의도적인 삶이란 바로 내가 하는 행동이 곧 나 자신인 상태를 말한다. 목표를 명확히 하고, 가슴을 열고, 마음을 활기차게 가지면 우리에게는 자신의 운명을 결정할 수 있는 힘이 생긴다. 우연(Chance)에 의해서가 아니라, 선택(Choice)에 의해서 살아가는 게 바로 의도적인 삶이다.

- 태도(Attitude)가 곧 성취(Altitude)다.

- 비관적이기만 했던 것을 긍정적인 것으로 바꾸는 것, 그 사이에 바로 끈기가 있다.

- 위험을 무릅쓰라는 메시지는 걱정일랑 제쳐 두고 무턱대고 달려들라는 식으로 많은 이를 실패의 구렁텅이로 빠뜨린, 그런 무모함을 의미하는 말이 아니다. 위험에도 불구하고 어떻게 행동할 것인지 현명하게 계획하고 계산함으로써, 성공 가능성을 높이는 일을 말하는 것이다.

- 위험은 기회를 현실로 바꾸어 준다. 위험을 정확히 규정할 수 있다면, 이미 그 위험은 반으로 줄어든 것이다.

- 실수는 극복하면 되지만 나태함은 영혼을 질식시켜 버린다. 훗날 네가 실행했던 일들보다 실행하지 않았던 일들 때문에 더 많이 후회하게 될 것이라는 점을 명심해라. 새삼 강조하지만, 무언가가 되려면 무언가를 해야만 한다.

- 실패가 아무리 끔찍하고 실망스럽다고 해도, 그보다 더 불행하고 괴로운 일은 실패의 경험을 맛보지 못하는 것이다. 실패가 없다는 건 성공을 위한 분투도 없었다는 뜻이기 때문이다.

- 실패는 이 우주가 우리에게 주는 멋진 선물 중의 하나라는 것을 받아들여라.

- 할 수 없다고 믿으면 정말 할 수 없다. 그러나 할 수 있다고 믿으면 해낼 것이

다. 말은 신념을 낳고 신념은 행동을 낳는다.

- 자신이 진정 원하는 대로 사는 삶, 그것이 아무리 위대한 것이라 해도 그 삶을 향한 발걸음 역시 오직 한 번에 한 걸음씩밖에 나아갈 수 없다. 한 걸음씩, 한 걸음씩, 그 발걸음들이 모여 진정한 위대함이 되는 것이다. 그 사실을 받아들이고 이제 다시 걸음을 내디뎌 보자.

- 진정한 네 삶의 길을 찾으려면 너는 두 번의 여행을 해야만 한다. 첫 번째 여행은 너 자신을 잃는 것이고, 두 번째 여행은 너 자신을 발견하는 것이다.

- 아득히 멀리서 녹색의 아름다운 산봉우리가 서서히 솟아오르고 있는 모습이 보였다. 산꼭대기를 덮고 있던 차가운 눈은 따뜻한 봄볕에 반짝이며 녹아내리고 있었다. 신비롭도록 따사로운 햇살에 녹아내린 눈은 깨끗하고 맑은 물이 되어 시냇물과 정원의 샘을 가득 채웠다. 세상에서 가장 훌륭한 미사여구를 모두 동원한다고 해도, 그 아름다운 장면과 싱그러운 향기를 온전히 표현하가에는 힘들 정도였다(마음의 눈에 비전이 보일 때를 상상).

- 재능은 누구에게나 태어나면서부터 자연스레 주어지는 것이지만, 그것이 진정한 기술이 되려면 반드시 훈련이 필요하다.

- 언제나 불확실성은 존재하게 마련이다. 미래가 정해져 있는 것이라 여기지 마라. 그리고 네 능력으로 그 미래를 주물럭댈 수 있다고도 과신하지 마라. 의도적인 삶이란 '현재'라는 과정과 서로 주고받으며 그것과 하나가 되는 것이다.

- 열 번, 스무 번 강조해서 말하지만, 마치 물과 같이 되어야 한다. 세상에 물처럼 연약한 것이 없다. 무엇과 충돌하건 그 앞에선 휘어지고 흩어진다. 그렇지만 가장 단단한 바위나 무쇠 덩어리를 쪼개는 것도 역시 물이다. 물은 휘어지고 돌며 굽이쳐 흐르고 위로 아래로 옆으로 자유롭게 그 방향을 바꾼다.

- 물의 본질은 굴복하고 내어 주는 것이지만, 또한 물이 이기지 못하는 것은 없다.

- 물은 그것이 흘러가며 만나는 모든 것을 변화시키고 키워 내는 힘을 가지고 있다. 너도 마찬가지다. 흐름*(Flow)*의 원리를 이용하면 아무리 반갑지 않은 장애물이라도 흔쾌히 받아들일 수 있다. 위험을 기회로 만들고, 문제를 해결하고, 도전과 맞닥뜨려 승리를 쟁취할 수 있게 되는 것이다.

- 실행이 곧 존재다*(To do is To be)*.

- 길은 하늘에 있는 것이 아니라 네 마음에 있다. 바람은 항상 자기가 어디로 가는지 알고 있는 나그네에게 친절한 법이다.

- 행복이란 목적지*(Destination)*가 아니다. 행복은 과정*(Process)*이다. 어디로 향해 있는지 알 수 없고 굴곡이 진 그런 길이다. 우리가 행복을 기다리는 바로 그 순간에도, 행복은 늘 그 자리에서 우리를 기다리고 있다. 행복을 찾는 것은 영원*(All the Time)*이기도 하고, 바로 그 순간*(No Time)*이기도 하다.

겸손이라는 것

옛 성현들의 말씀을 들어 보면 몇 가지 공통점을 찾을 수 있다. 중화, 효제, 인내, 겸손, 지혜가 그것이다. 이 중에서 겸손을 말하려고 한다. 의식을 연구한 미국의 학자 데이비드 홉킨스는 자존심을 부정적 의식의 맨 앞에 놓았다. 겸손과 자존심이라는 것은 낮은 것과 높은 것의 차이이다. 자기를 부정하는 용어 중에는 자학감, 자괴감, 자멸감, 자책감 등이 있다. 자존심의 반대말들인데 정확한 반대말은 아니지만 아무튼 자기 비하를 뜻하는 내용으로 사료된다. 그런데 궁극적으로 겸손과 자존심은 어떤 차이가 있을까? 겸손의 사전적 의미는 남을 높이고 자신을 낮추는 것이다.

그런데 그의 반대말은 거만이나 교만이다. 겸손의 비슷한 말은 겸공이라는 말도 있다. 그러면 자존심은 무엇이냐? 역시 사전적 용어를 빌어 보자. 자존심이란 남에게 굽힘이 없이 제 몸이나 품위를 스스로 높이 가지는 마음이다. 그런데 교만은 잘난 체하고 뽐내고 방자하며 버릇이 없다는 사전적 의미가 있다. 자존심, 자만, 교만은 그래서 비슷한 말인 것이다. 그래서 우리 사회에서 또는 일상에서 자존심과 겸손은 양대 의식을 점하고 있다고 봐도 될 것 같다. 자존심이 강하거나 높은 사람은 통상 자기의 단점을 말하거나 드러내지 않는다. 일상에서 받는 고민도 잘 말하지 않는다. 자신을 무슨 특별하고 선택받은 인물로 생각하는 경향이 있다. 바로 교만하고 거만한 것이다. 우리 사회가 자기 PR 시대라고는 하나 자기 홍보가 장점만 열거해서 되는 것은 아닐 것이다. 그런데 또 일부러 단점이나 부끄러운 치부를 말할 수는 없는 것이다. 그런 의미에서 겸손은 그 용어가 뜻하는 의미 이상의 내용이 함축되어 있는 것 같다. 일부러 자기의 단점을 숨기지만 상대방을 높여 주면서 자신의 겸양지덕을 보이는 것이다. 잘난 체하지 않는 것이다. 잘났다는 것은 상대방이 인정해 주는 것이지 자신이 자신을 인정해 주는 것이 아니다. 물론 자기를 사랑해야 한다. 자신이야말로 천상천하 유아독존의 세계에 살고 있다는 확신으로 자신감을 가져야 한다. 그러나 대인 관계라든지 인간관계에서 자존심이나 자만은 아무런 득이 될 수 없다. 자존심은 상대방에 의해서 자연스럽게 높여질 수 있도록 하고 우리는 일상에서 타인을 존경할 줄 알아야 한다. 그리고 진솔하고 진지한 대화에서는 자기의 실수나 치부 또는 고행 등을 말할 수 있어야 한다. 그럴 때 상대방도 나에게 의견을 물어보고 의사를 타진하고 대화를 요청할 수 있다는 것이다. 그런 면에서 선현들의 말씀 중에 겸손이라는 말은 두고두고 음미해 볼 가치가 있다. 친구는 거저 얻어지는 것이 아니다. Give&Take인 것이다. 주어야 한다. 나의 낮은 모습을 상대는 듣고 싶어 한다. 자신보다도 더 인간적인 모습을 상대는 알고 싶어 한다. 서두에 자기 비하를 여러 가지로 표현했지만 우리는 의식적으로 스스로 비하할수는 없다. 쓸데없는 자책감, 자학은 수치심까지도 유발할 수 있다. 그래서의식의 단계 중에서 분노, 욕망, 두려움, 슬픔, 무기력, 죄책감, 수치심은 아주낮은 의식으로 분류해 놓았을 것이다. 겸양의 모습으로 세상을 살아가면 그것 이상의 효과가 있다. 그것 이상의 득이 된다. 알아야 한다는 것은 바로 이런 것이다. 쓸데없는 자존심으로 우리를 높이지 말고, 쓸데없는 자만이나 교만으로 자기를 불식시키지 말자. 인간의 세계는 공통으로 주어진 장기전이다. 길게 봐야 한다. 얼마나 먼 안목으로 세상을 보고 얼마나 넓은 마음으로 상대방을 바라볼 수 있느냐는 지혜로 가는 길목에서 늘 평가받고 있을 것이다. 덕으로 가는 지름길이기도 하고, 궁극적으로 삶의 향기와 보람으로 가는 길이기도 하다. 심리학 용어 중에 자기방어 기제라는 것이 있다. 자존심이 강하여 스스로 너무 감싸고 노출하지 않으며 스스로 자만하다가 결국에는 우울증 등 사회나 조직에 적응하지 못하는 결과를 가져올 수 있는 정신병적 기질이다. 잘못된 것은 고쳐야 한다. 굽은 것은 펴야 하듯이 말이다. 그래서 부지런히 연마하고 부지런히 수양해야 한다. 그 길은 오직 하나, 쉬지 않고 공부하며 실천하는 길밖에는 없다. 알아야 행동하니까 말이다. 겸손과 자존심의 의미를 되새겨 보면서 인생의 거보를 날마다 내디뎌 보자.

수긍과 창조

 수긍이란 상대방의 의도를 알아듣는다든지, 있는 현실을 인정하면서 머리를 끄덕인다는 말이다. 즉, 자기가 만든 현실 속에서 모든 것을 받아들인다는 포괄적 의미가 포함되어 있을 것이다. 받아들인다, 인정한다, 수용한다, 알았다는 것은 원인에 대한 결과만 받아들이는 것이 아니다. 그런데 바보같이 당하고만 있는 것도 받아들인다는 것이냐? 그것은 아니다. 최대한의 논리로 대변하고 방증하고 검증하되 그래도 안 되는 것은 받아들인다는 얘기다. 그런데 법치와 덕치가 높은 사회에서 상대방을 의심한다든지 자기가 피해를 봤다든지 하는 것은 내가 보기에는 타당치 않은 얘기다. 케이스에 따라서 물론 다르겠지만 통상 건전한 상식인과 도덕인이 내 주위에 존재한다는 가정을 하면서 살아가기 때문이다. 그렇다면 역으로 나의 주위에는 맨날 사기꾼만 득실거리고 사회 역시 믿지 못할 사람이나 조직, 법체계만 존재해 매일 인정하지 않고 부정하면서 또 대항하면서 살아가야 되겠다고 생각한다면 어떤 결과를 유추할 수 있을까? 그 사람은 참으로 불쌍하고 부끄럽고 회한의 삶을 살아가야 할 것이다. 그래서 수긍이라는 개념은 우리 인간 사회나 개인이 받은 천부적인 인권과 후천적인 노력을 포함하고 상대방과의 대응 개념도 포함하여 인정하는 것이다. 인정할 때의 결과와 불인정의 결과는 사뭇 차이가 클 것으로 예상한다. 우선 시간의 차이다. 인정하고 받아들이면 프로젝트에 따라 시간 소요가 다르겠지만 시간을 절약할 수 있다. 인정하고 받아들인 그 현상에 대한 시간이 아니라 다른 것을 생각하고 결단하는 시간을 벌 수 있다는 것이다. 통상 대형 프로젝트는 수많은 사람이 공통으로 연구하기 때문에 많은 사람을 영원히 속일 수 없다는 자연의 이치에 다다르게 된다. 그래서 우리는 생리적으로 결정한 사실과 생태적인 환경 그리고 논리적으로 대응하고 대화했던 결과에 대해 수긍하면서 다른 시간을 벌어야만 현명하고 지혜로운 생활이 되지 않을까 하는 것이다. 1980년대 당시 대우그룹 회장이었던 김우중이 쓴 책 중에 《세계는 넓고 할 일은 많다》라는 베스트셀러가 있었다. 말 그대로다. 무궁무진한 세계에 우리는 살아가고 있는 것이다. 정보의 홍수 속에서 자원은 제한되어 있다는 사실 하나만으로도 우리가 무엇을, 어떻게, 왜 해야 하는지를 금방 알 수가 있다. 인간은 빵으로만 살 수 없다는 얘기가 있다. 즉, 돈으로는 모든 것을 할 수 없다는 얘기이다. 돈과 시간과 명예와 건강과 친구가 필요하다. 취미도 다양하게 연극에도 취해 보고 싶고 영화에도 취해 보고 싶고 음악에도 취해 보고 싶다. 그리고 그 장르도 대단히 다양하다. 셀 수가 없다는 것이다. 공부 역시 마찬가지이다. 언어학이 그렇고 논리학이 그렇고 역사가 그렇고 사회가 그렇다. 그래서 포괄적인 면에서 수긍이란 단어는 매우 중요한 것이며 우리의 전 육체와 정신세계를 지배할 수 있다는 것이다. 다음은 창조이다. 창조란 없었던 것을 새로이 만드는 기술이다. 창조는 미래의 첨단 사업을 비롯하여 모든 직업에서 부가 가치를 높이는 가장 중요한 전략적 사고의 발상이다. 무엇을 창조할 것인가? 무엇을 생각할 것인가? 역사적 사실 속에서 현실에 안주해 있는 것만을 바라보고 사는 사람은 보수적이라고 한다. 우리 사회에서는 진보와는 반대 개념이다. 그리고 혁신과는 완전히 극과 극이 되는 개념이다. 창조는 전진과 개혁과 진보와 혁신을 아우르는 포괄적인 개념이다. 이러한 형태의 삶을 살아야만 인간적으로 가장 훌륭한 업적을 나타낼 수 있다. 역사에 남은 사람은 모두 창조 정신이 투철한 사람이다. 유명한 정치가, 탁월한 예술가, 번뜩이는 생각을 가진 과학자가 그렇다. 모두 창조의 결과이다. 창조는 어떻게 발현되는가? 그것은 현실과 과거의 바탕 위에서 정밀한 분석을 통하여 나타난다. 분석적 성찰이 없이는 창조는 나타날 수가 없다. 어쩌면 모든 과거는 현실로 수렴된다. 그래서 현실과 미래만이 존재하는지도 모른다. 어제의 결과는 오늘 나타나는 것이고 오늘의 결과는 내일 나타나면서 내일은 모든 오늘을 수렴해 가기 때문이다. 창조는 용기가 필요하다. 인내도 필요하다. 그러나 가장 필요한 창조의 조건은 창조할 수 있는 준비이다. 무엇을 준비하느냐면 전문가로서 가정과 사회에서, 자기 직분에서 준비하는 것이다. 많은 것을 준비하면 많은 것을 창조할 수 있고 적은 것을 준비하면 적은 것밖에 창조할 수 없다. 그러나 중요한 것은 창조이다. 행복의 조건은 창조의 과정에서 가장 돋보일 것이다. 종교적인 영역까지도 창조처럼 빛나는 경우는 없다. 그런데 여기서 중요한 것은 창조란 거창한 것이 아니라는 것이다. 생각 하나, 글 한 줄이 다 창조의 영역에 속한다고 봐야 한다. 그래서 원 스텝, 투 스텝, 창조의 계단을 밟아 가는 것이 우리 인생의 행로이다. 우리는 수긍하고 또 창조해야 한다. 하루하루의 생활은 창조의 빛깔로 넘칠수록 좋다. 사람이 살아가는 근본적인 이유, 인간이 인간다워질 수 있는 본질적인 이유는 바로 이것 수긍과 창조라고 생각한다. 항상 생각하면서 살아가자. 그리고 긍정적으로 밝은 웃음을 한시도 잊지 말자. 그것이 바른 삶이다. 고뇌도 번뇌도 그리고 고통까지도 인욕하면서…. 승리하는 날이 오리라 생각하며 말이다.

◇◇◇◇
실행하는 것

To do is To be. 존재하는 것은 하는 것이다. 실행하는 것이며 실천하는 것이다. 근사한 백 마디, 천 마디의 말보다는 작은 실천 하나가 우리에게 감동을 준다. 한다는 것은 어떤 일을 하는 것과 어떤 일을 하지 않은 것 둘 다를 포함한다. 어떤 일을 한다는 것은 가치가 있는 일과 가치가 없는 일이 있을 것이다. 독서를 한다든지 사색을 한다든지 여행을 한다든지 건전한 취미 활동을 한다든지 그것은 매우 보람 있는 일임은 자명하다. 그런데 욕망에 사로잡힌 일을 한다든지 퇴폐와 쾌락을 일삼는다든지 하는 것은 분명 무언가 하는 것이지만 차라리 하지 않는 것만 못하다. 그래서 무언가 한다는 것은 가치 있고 계획적이고 전략적인 것을 한다는 것이요, 그것이 곧 존재 이유가 될 것이다. 무가치한 일은 두 번 죽이는 일이다. 첫 번째는 시간을 죽이고 두 번째는 헛수고를 해 보람을 죽이는 것이다. 정력적인 것을 무가치한 일에 허비한다면 가치 있는 일에는 그만큼 사용할 수 없다는 것이다. 미래에 대한 추진력을 얻고 당차게 밀고 나가려고 계획한다면 우선 걸림돌부터 제거해야 한다. 걸림돌이란 방해꾼이요, 장애물이다. 장애물이 거대하게 놓여 있는데 미래로 갈 수는 없다. 장애물은 두 가지가 있을 것이다. 바로 심리적 장애물과 물리적 장애물이다. 심리적 장애물은 과거 자신의 행적에 근거를 둔다. 깨끗하지 못한 물에 아무리 깨끗한 정수를 집어넣어도 결국은 더러운 물이 되고 만다. 시간이 지나도 그 더러운 흔적은 영원히 지울 수가 없다. 다만 잠재될 뿐이다. 마음에 더럽고 추잡한 것을 깨끗이 털어 내야 한다. 물리적인 장애물은 무엇이냐? 현재 자기의 이상을 막고 있는 정신세계를 제외한 모든 것이다. 인간관계도 될 수 있고 해야 할 업무의 누적도 될 수 있다. 종교라는 세계는 우리의 심리적인 치료에 아주 효과적이다. 과거에 대한 행실이 참회를 통해서 새로워진다는 것이다. 사람은 무엇이든 새것을 좋아한다. 호기심이 생기고 기대치가 있기 때문이다. 사람은 헌것을 싫어한다. 과거의 이미지가 머릿속에 가득하기 때문이다. 새것이 되지 못하면 속도를 낼 수가 없다. 흙탕물 도로를 아무리 질주해 본들 비포장 자갈길만 못하고 고속 도로보다 턱없이 뒤처질 것이다. 인생도 바로 어느 도로를 달리고 있느냐로 결판이 난다. 장애물을 걷어 내지 못한다면 결국은 또 나락에 빠질 수밖에 없다. 마음의 장애물을 걷어 내기 위하여 종교를 가져 보고, 물리적 장벽을 걷어 내기 위하여 현실을 냉정히 바라보자. 하늘과 땅과 내가 하나가 된다는 것은 자연스러운 인간의 본성으로 돌아간다는 것이다. 가끔은 하늘을 바라보고 미소를 지어 보고 땅의 하모니를 보고 들으면서 감사해 보자. 인간적인 면이 있을 때 인간은 돋보이고 무언가 부족함이 있을 때 사람은 겸손해진다. 완전히 신의 세계로 또는 자연의 세계로 나갈 수는 없다. 그러나 꾸준히 노력해 보자. 제임스 배리는 "행복의 비밀은 좋아하는 일을 하는 것이 아니라 하고 있는 일을 좋아하는 것이다."라고 했다. 또한, 행복이란 진정한 사랑과 배려로 세상을 살아가는 것이라고 했다. 가식을 좋아하는 사람은 가식으로 고통받을 수 있다. 진정한 사랑은 상대방을 매료시킨다. 그것은 겸손이다. 그리고 상대방이 처한 상태를 이해하는 것이다. 충고는 모든 이에게 힘든 것이다. 현명한 사람은 자기가 현명하다고 생각하니까 충고 따위는 받아들이지 않고 우매한 사람은 몰라서 받아들이지 못한다. 그리고 행복은 실행에서 나온다. 실행은 사랑이 바탕이 되어야 한다. 우리는 사랑받기 위해서 태어난 사람들이다.

정신과 육체

정신이란 육체를 지배하는 것이라고 한다. 아니 육체뿐만 아니라 어쩌면 인간의 모든 것은 정신이 지배할 것이다. 정신은 사고나 감정의 작용을 다스리는 인간의 마음이다. 한자로는 정할 정에 귀신 신이다. 직역하면 글자의 의미가 무언인지 혼란스럽다. 그러나 인간에게 정신이란 인간만이 가질 수 있는 최대의 무기이다. 강한 정신이 있고 약한 정신이 있다. 강한 정신이야말로 인간이 내세울 수 있는 최고의 선이다. 그렇다면 강한 정신은 어디에서 오는가? 건전한 육체에 건전한 정신이 깃든다고 말한다. 맞는 말이다. 병든 육체에서 강한 정신이 나올 수 없는 것이다. 물론 선각자 중에는 모진 고초나 고문을 당하면서도 자기 인내의 한계를 드러내지 않았던 위대한 사람이 많이 있다. 그분들의 육체는 힘들었지만, 정신만은 강했다. 그래서 건강한 육체란 스스로 건강을 지키는 행위를 말한다고 본다. 타인이 강제적으로 린치나 고문을 가한 경우는 제외된다. 마찬가지로 열심히 일하고 피곤한 몸도 강한 정신의 소유자가 될 수 있다. 그러나 자신의 게으름과 자신의 욕망 등으로 건강을 해치는 경우가 많고 그 외 산업 사회의 부산물로서 선의의 피해를 보는 경우도 있다. 그래서 자신이 노력한 만큼 육체와 강한 정신을 지배하는 경우는 비록 아픈 사람일지라도 나는 건강의 범주에 포함하고 싶다. 문제는 정신이다. 정신도 강한 정신이다. 무언가 지배할 수 있고 극기할 수 있고 인욕을 할 수 있고 결국 해낼 수 있는 정신이 강한 정신이다. 나는 강한 정신이 없다. 나 자신을 돌아보았을 때 강력한 파워가 없었다. 누군가가 얘기했다. 사람이 심지가 굳지 않다고. 부드러움은 강함을 이기고, 유약함은 도의 시작이라고 했다. 그러나 강한 정신이란 강한 성격과는 다르다. 강한 기질과도 다르다. 타인이 보기에는 유약하게 보이고 융통성 있게 보여야 맞는 일이다. 그러나 강한 정신이란 자신을 엄격하게 다스리는 것이다. 그것이 강한 정신의 표본이다. 자신에게는 모질어야 하고 상대방에는 관대해야 한다. 그래서 '타인관자신엄'이다. 그런데 그 반대도 아니고 나는 '타인관자신관'이었다. 타인에게도 관대하고 자신에게도 관대하면 아무래도 타인에게 줄 것이 반으로 줄어들어 버린다. 그래서 보람이 없다. 만족도 없고 행복도 없다. 인간은 타인에게 무언가 주려고 태어났다. 자신을 불태워 어둠을 비춰 주는 촛불과 같은 것이 인간이다. 그리고 그것이 인간 삶의 가치관이다. 그래서 강한 정신을 소유해야 하고 자신에게는 무엇보다도 엄격해야 한다. 내가 배불리 먹고 타인에게 배불리 줄 수는 없다. 나는 혼자지만 타인은 부지기수이기 때문이다. 이제부터라도 강한 정신을 소유해 보자. 그리고 더 엄격하게 자신을 관리해 보자. 그것만이 나 자신을 위하는 길이고 아내와 자식을 구하는 일이다. "행유부득이면 반구제기라." 모든 것은 나에게 달려 있다는 것이다. 다시 한번 나를 찾고 반성해 볼 일이다. 왜 이렇게 되었는지… 자신을 아는 것이 그만큼 어려웠다. 그것보다도 중요한 일이 없는데 말이다.

◇◇◇◇
잠 못 이루는 밤

사람은 쾌식, 쾌면, 쾌변, 쾌동의 4쾌인이 되어야 한다. 그런데 리듬이 깨지다 보면 가끔 잠 못 이루는 밤이 나타난다. 잠을 자려고 하면 더욱 뚜렷해지는 정신. 그러면서도 몽롱한 상태가 이어진다. 그렇게 되면 이튿날 피곤하고 생산성이 떨어진다. 그리고 그 상태가 지속될 때는 피로가 누적된다. 심리 진단을 해 보자. 피곤하다고 너무 일찍 자지는 않았는지, 아니면 음주라든지 어떤 약물에 의한 피곤을 재촉했는지, 너무 의욕적으로 자기의 리듬을 맞추려고 애쓰지는 않았는지 말이다. 그래서 과식, 과음, 과로, 과욕은 좋지 않다. 그래서 유쾌할 때 쓰는 쾌는 적당한 것이요, 절제된 것이요, 조화된 것이다. "후기신이신선이요, 외기신이신존이라." 오히려 부족하거나 겸손해야만 더더욱 생명을 보존하며 앞서갈 수 있다는 노자의 얘기다. 때로 우리가 간과하고 있는 것 중에 어떤 현상을 합리화하는 것이 있다. 변명이다. 합리화는 자연에 역행되며 순리에 모순이 된다. 과감하게 인정할 것은 인정하고 새로운 삶을 개척하는 용기를 가져야 한다. 선택의 순간도 마찬가지이다. 스펜서 존슨은 "진정으로 원하는 것보다도 진정으로 필요한 것을 선택하라."라고 하였다. 필요한 것과 원하는 것의 차이는 급함에 있을 것이다. 어느 것이 더 간절한 것인가를 의미한다. 전략적인 선택에도 필요 불가결한 것이 나타날 수 있을 것이다. 필요한 것을 선택하라는 그의 말이 공감이 가는 이유는 선택의 폭을 조금이나마 한정해 우리에게 더 큰 시간을 준다는 데 있다. 과거의 고민이 반복되는 이유는 탁월한 선택에 대한 미련일 것이다. 잠 못 이루는 밤은 과거의 선택에 주로 달려 있다고 본다. 정신적, 육체적으로 과거에 얽매일 때 심리 상태는 더더욱 복잡해지고 현재와 미래의 선택에도 영향을 준다. 사람의 유형에는 과거 지향형과 미래 지향형 두 가지가 있다고 본다. 한마디로 과거 지향형은 되면 안 된다. 아무런 생산성이 없다. 과거는 현실과 연결되어 있다. 차라리 현실을 잘 판단하고 무조건 미래를 지향해야 한다. 미래는 선택이다. 그리고 선택한 것의 준비이다. 이때 지혜가 자연스럽게 발현된다. 지혜는 자기가 쌓아 올린 업적 같은 것이다. 독서하고 명상하고 생각하고 경험한 것의 산물이다. 지식과 지식의 결합일 수 있고 지식과 사고의 결합일 수 있으며 지식과 경험의 결합일 수 있다. 종교적 명상과 기도도 많이 필요하다. 잠 못 이루는 밤에는 아직 결정되지 않은 미래에 대한 막연한 불안도 있다. 신체적, 심리적 요인이 복합될 수 있다는 것이다. 몽롱하게 시간을 허비하지 말고 생산적, 경제적으로 시간을 사용하자. 우리에게 공평하게 주어진 최대의 재산은 바로 시간이다. 쾌식, 쾌면, 쾌변, 쾌동은 시간을 지배하는 사람에게 온다. 시간이 나를 지배하여 몸부림치는 시간을 없애자. 잠 못 이루는 밤은 바로 시간 활용에서 뭔가 뒤처지고 있는 것이다. 일단 과거를 딛고 현실을 조명하고 미래를 위한 판단을 시간과 조화롭게 맞추어 보자. 그리고 진일보하는 것이다. 세상과 자연은 너무도 공평하고 진실성이 있다. 그것은 장기적인 면에서 전략적으로 관찰하면 그 투명함이야말로 눈에 선명하게 나타날 것으로 생각된다. 되도록 잠 못 이루는 밤이 되지 않도록 현명해지자.

봄의 기운

해마다 봄은 찾아온다. 올해도 어김없이 봄이 오는구나. 봄은 따스한 햇살에서 온다. 봄은 파란 하늘에서 온다. 봄은 아름다운 새싹에서 온다. 그리고 봄은 아름다운 옷차림에서 온다. 들녘에 나가 보자. 봄의 기운을 마셔 보자. 자연과 하나가 되는 것이다. 천지인이 되는 것이다. 본래 인간도 자연이기에, 봄은 자연의 시작을 알리는 위대한 계절이기에, 우리 인간에게는 참으로 중요한 계절이다. 봄이 없는 자연은 없다. 열대 지방에도 봄의 시작은 있었을 것이다. 다만 추운 겨울이 없어서 신진대사의 폭이 좁을 수는 있지만 항상 시작은 봄이다. 인생은 청춘을 봄이라고 한다. 청춘은 20대까지이다. 그리고 성년이 되고 장년이 되고 노년이 된다. 20대 이하의 청춘이여! 그대들의 가슴이 가장 치열하게 뛰는 시기이다. 그대들이 인간의 위대한 본성을 깨닫고 준비한다면 정말 행복한 시작이 될 수 있을 것이다. 불행한 시작은 불행한 결과를 초래할 수 있는 확률이 높다. 그래서 시작이 중요하다. 그대들은 자연을 벗 삼아 보라! 위대한 자연의 소리를 지금 이 순간에 조용히 들어 보라! 시끌벅적한 유흥지에 가지 말고 심산유곡의 아름다움만 찾지 말고 지금 흔한 들녘과 조용한 야산, 평범한 산에 올라 보라. 시냇가도 좋다. 시냇가의 물 흐름 소리를 들어 보고, 개울가에 움트는 새싹을 관찰해 보라. 그들은 이제 위대한 시작을 하고 있다. 조화로운 자연 속에서 자신의 역할을 찾고 있다. 거목도 있고 풀잎도 있다. 세상에는 거목도 필요하지만 잔잔한 감동을 주는 풀잎도 필요하다. 전체적으로 세상은 조화가 필요하다. 인간사도 마찬가지이다. 과욕을 버리고 자신을 찾아보자. 자신의 장점을 찾고 세상에 투영해 보자. 오케스트라는 하모니가 생명이다. 수많은 관현악기 중에서 제 맘대로

소리를 내는 악기는 없다. 그러면 조화가 깨진다. 하모니가 깨진다. 자연의 소리를 들어 보자. 산은 산대로 거대한 자기 자태를 뽐내고 계곡은 조용히 물이 흐르도록 가만히 있다. 이름 모를 새들은 제 목소리를 절제하면서 울고 지저귄다. 시냇가의 물은 졸졸 흐르면서 하천을 이루고 강으로 바다로 간다. 인공은 자연을 파괴한다. 그러나 조화되는 파괴는 자연이 용서한다. 인공 중에 인간이 있다. 인간은 만물의 영장이라고 뽐내면서 지나치게 만용을 부린다면 결국 자연과 순리에 급살을 맞을 수 있다. 조화 있는 인간은 타인을 배려한다. 타인과의 관계 속에서 자신은 빛이 난다. 모르면 조용히 하면 된다. 침묵은 그래서 금이다. 웅변은 은이다. 아무리 잘해도 말이다. 인간의 생장소멸과 청성장노를 생각해 보자. 자연과 어울리는 인공은 유럽 사람들이 앞선다. 파괴해도 항상 조화를 생각한다. 유럽의 가정집을 보라. 아파트보다는 조그만 가옥이되 자연과 조화되는 아름다움이 있다. 멋지게 건축한다. 그래서 선진국이 많다. 우리는 유럽에서 그러한 선진 의식을 배워야 한다. 선진국의 문물 중에서 선진 의식만큼 중요한 것이 없다. 정치, 경제, 사회, 문화 모두 선진 의식 속에서 살아야 한다. 봄은 우리에게 말한다. 조화 있는 생활은 시작이 중요하다고. 청년만 시작의 독점물을 가진 것은 아니다. 성년도 장년도 노년도 다시 시작할 수 있다. 다만 시간이 부족하여 미완성의 완성이 될 수 있을 뿐이다. 사실 완성이라는 것은 미완성을 의미한다. 완성은 될 수 없다. 완성된 인간은 이 지구에는 없다. 다만 신이 있을 뿐이다. 한반도는 4계절이 너무도 뚜렷하여 자연과 인간의 조화를 상시 볼 수 있고 느낄 수 있는 위대한 지역이다. 대륙과 해양의 중요한 기질을 다 받고 있다. 대륙은 웅장하고 화려하다. 그리고 해양은 넓고 깊어서 지혜가 풍만하다. 대한민국은 그래서 큰 대라는 한자를 쓰는 것이다. 중국이 아무리 큰 나라라고 해도 가운데 중의 중국이다. 다른 나라는 말할 것도 없다. 봄의 기운이 가장 무르익는 3월 중순의 일요일 오전, 밖으로 나가서 봄을 맞이하자. 밖으로 나가서 봄의 기운을 받아 보자. 그리고 자연에서 배우자. 자연은 영원하지만, 우리 인간은 유한하다. 유한한 인간은 종족 번성을 통하여 무한에 도전한다. 하지만 한계가 분명하다. 자연의 종족은 무한하지만, 우리 인간은 인류 그것뿐이다. 그래서 자연은 무한한 것이다. 요즘 환경에 관한 관심이 가장 높은 시기이다. 인간이 인간다울 수 있는 가장 중요한 가치에 접근하는 것이다. 개발이 중요한 것이 아니고 조화가 중요하다. 사람은 돈으로만 살 수 없다. 돈과 사랑과 조화와 함께 가치로 살아가야 하는 것이다. 마음은 항상 봄인 사람이 있다. 분명 무엇인가 가슴 뛰는 설렘이 있는 사람이다. 봄의 향연을 시작하는 위대한 자연 속에서 우리 인간의 현주소를 다시 한번 느껴 보자. 그래서 찾으려고 노력하자. 우리는 누구이며, 나는 누구인가를 말이다.

지와 실천

프랜시스 베이컨은 "아는 것이 힘이다."라고 했다. 그리고 "배워야 산다."라고 했다. 너무도 유명한 말이다. 어렸을 적부터 수없이 들어 온 얘기이다. 그러나 그 의미는 어렴풋하고 분석도 실천도 하지 못하고 말았다. 명언, 명구로 그냥 그 자체로 끝내 버린 것이다. 그런데 지금은 풍속이 달라졌다. 민도가 높아지고 지식은 향상되며 인터넷을 통하여 세계 오지의 정보나 지식을 실시간으로 접할 수 있다. 옛날에는 특정한 사람만이 지식을 공유하였다. 인간의 지혜와 삶의 수준이 발달하면서 수명이 평균 50세에서 80세로 30년 정도 연장되었다. 물론 점진적인 수치이다. 그래서 옛날의 이립은 30세였지만 지금의 이립은 40세라는 얘기도 있다. 40세는 현대적 의미에서 불혹이 아니다. 정신적인 연령을 좀 더 연장해야 한다. 그리하여 40세의 나이에 청년의 꿈을 가지고 시작하는 것이다. 요즘 결혼 연령도 늦어지고 있다. 30세 이상은 기본이고 통상 35세에도 결혼을 많이 한다. 그러니 40세가 많은 나이가 아니다. 요즘은 60세가 넘어야 적어도 지천명 정도 되겠다. 40세에는 자녀들이 크고 있으므로 아버지 노릇도 해야 하고 직장 생활도 해야 한다. 물처럼 자연스러운 것이 우리네 인생사이기 때문에 40세를 시작이라고 얘기할 수도 있다. 시작은 시작인 것이다. 시작은 힘과 정열로 상징된다. 스타트 라인에 서 있는 100미터 달리기 선수를 보라. 가슴이 뛰기 시작할 것이다. 마라톤 선수를 보라. 자신감으로 펄펄 넘친다. 온고지신이라는 말이 있다. 이것도 현대 의식에 맞게 해석하면 된다. 과거를 거울로 삼되 과거를 모방할 수는 없다. 그래서 베이컨이 얘기했던 "아는 것이 힘이다."라는 말은 틀린 말은 아니나 초고속 시대에 사는 우리는 알고 실천하는 것이 힘인 것이다. 아는 것은 어쩌면 홍수

처럼 밀려온다. 몰라서 하지 못하는 사람은 없다. 작은 실천이라도 게을러서 하지 못하고 자신이 없어서 하지 못하고 건강이 허락하지 않아서 못하는 그런 변명에 길들어 있다. 아프리카에서는 매일 아침 가젤이 잠에서 깬다. 가젤은 가장 빠른 사자보다 더 빨리 달리지 않으면 죽는다는 사실을 알고 있다. 그래서 가젤은 자신의 온 힘을 다해 달린다. 아프리카에서는 매일 아침 사자가 잠에서 깬다. 사자는 가젤을 앞지르지 못하면 굶어 죽는다는 사실을 알고 있다. 그래서 그는 자신의 온 힘을 다해 달린다. 네가 사자이든 가젤이든 마찬가지다. 해가 떠오르면 달려야 한다. 이와 같이 부지런한 실천을 통해서만 지는 완성된다. 그래서 격물치지요, 지행합일이다. 지에서 끝나는 철학은 무의미하다. 그것은 말장난이다. 허세다. 그리고 잘난 체에 불과하다. 신용을 잃는다. 결국은 아무것도 없다. 인간관계도 끊어진다. 차라리 말을 안 했더라면 더 좋았을지도 모른다. 그래서 지와 실천이다. 멀리 보고 넓게 볼수록 빛이 난다. 그것이 지혜의 길일 것이다. 지의 실천은 종국적으로 지혜로 귀결된다.

잠재되어 있는 것들

사람은 겉모습보다 속마음이 중요하다고 한다. 맞는 말이다. 그런데 혜안을 지닌 사람은 겉모습에서 속마음을 유추할 수 있다는데 맞는 말인지 모르겠다. 속마음은 결국 마음이다. 마음이 어떤 상태인가가 늘 중요한 것이다. 불교의 《반야심경》도 한 단어로 줄이면 마음이고 《천수경》도 한 단어로 줄이면 마음이고 《금강경》도 마찬가지이다. 끝없는 지혜의 보고도 마음이지만 한없는 추락의 날개도 마음이다. 천당과 지옥은 다 마음속에 있는 것이다. 마음은 심이다. 〈참회게〉에서는 "아석조소제악업 개유무시탐진치 종신구의지소생 일체아금개참회"라 한다. 〈십악참회〉의 "죄무자성종심기 심약멸시죄역망 죄망심멸양구공 시즉명위진참회"라는 구절에서도 마음이 문제라고 나온다. 그래서 '일체유심조'가 아닌가? 마음을 다스리는 법에 대해 적어 본다. 그리고 나 자신도 음미해 본다. 근심은 애욕에서 생긴다. 그리고 죄는 참지 못하는 데서 생긴다. 마음이란 바로 이런 것이다. 애욕의 마음, 물욕의 마음, 경망의 마음, 불인의 마음은 반드시 통제되고 다스려야 될 마음이지만 검소한 마음, 겸양한 마음, 고요히 생각하는 마음은 자주 사용하고 권장하고 장려해야 하는 마음이다. 눈의 마음, 입의 마음, 몸의 마음도 조심해야 한다. 이타 정신이 발휘되어야 하는 것이다. 나를 버리자. 나는 없다. 그리고 상대는 있다. 없는 놈이 무엇을 원하겠는가? 없는 놈이 무엇이 필요하겠는가? 없는 놈이 무엇을 할 수 있겠는가? 그러한 초심이 있다면 다시 있는 것이 되어 버리는데 그것은 무아지경 속에서 진정한 나를 찾을 수 있다는 것이 아니겠는가? 무혼이고 무백이다. 나를 버리자. 먹는 것도 생각하는 것도 사랑도 미움도 다른 욕심들도, 안정으로 돌아가야 한다. 달빛에 물든 고요한 호수로 돌아가 나를 찾아보자. 없는 나는 찾아보고 또 있는 나를 찾아보자. 마음을 다스리는 법, 복은 검소함에서 생기고 덕은 겸양에서 생기며 지혜는 조용히 생각하는 데서 생기느니라. 근심은 애욕에서 생기고 재앙은 물욕에서 생기느니라. 허물은 경망에서 생기고 죄는 참지 못하는 데서 생기느니라. 눈을 조심하여 남을 그릇되게 보지 말며 입을 조심하여 실없는 말을 말라. 언제나 착한 말과 바른말, 부드럽고 고운 말을 쓸 것이며 몸을 조심하여 나쁜 친구를 사귀지 말고 어질고 착한 이를 가까이하라. 어른을 공경하고 덕 있는 이를 받들며 지혜로운 이를 따르고 모르는 이를 너그럽게 용서하라. 오는 것을 거절 말고 가는 것을 잡지 말며 내 몸 대우 없음에 바라지 말며 일이 지나갔음에 원망하지 말라. 남을 해하면 마침내 그것이 자기에게 돌아오고, 세력에 의지하면 도리어 재화가 따르느니라.

학문의 힘

학문은 배울 학(學)에 물을 문(問)이다. 배우고 묻는다는 것이다. 교육은 가르칠 교에 기를 육이다. 학문의 반대말이다. 학문하는 사람은 그래서 겸손해야 한다. 교육하는 사람은 학문의 의미를 되새겨야 한다. 학문은 배운다는 것이 첫 번째다. 왜 배우는가? 모르기 때문에 배운다. 알고 있다고 하더라도 바르게 알지 못하기 때문에 배운다. 아는 것을 더 지속시키고 지혜로운 삶을 위해 배운다. 배운다는 것에는 안다는 것과 실천하는 것 두 가지가 포함된다. 아는 것이 다는 아니다. 반드시 실천이 따라야만 배움이 완성되는 것이다. 그래서 학문의 자세는 겸손해야 한다. 배우는 사람이 겸손하지 않고 교만하다면 배울 것이 없다는 것이 된다. 그러면 학문의 자세가 아니다. 학문은 물어야 한다는 것이 두 번째다. 여쭈어서 알아야 한다. 자꾸 질문하고 또 질문하여 간파해야 한다. 타인의 경험을 묻고 타인의 학문적 소양과 학문적 결실을 듣고 배우는 것이다. 배운다는 것은 묻는 것을 포함하여 보는 것도 있고 피부로 느끼는 것도 있을 것이다. 진정한 학문의 자세야말로 인생이 행복에 이르는 길이다. 마음이 허전하고 괴롭고 또 무언가 부족하고 번뇌하고 정탐하는 모든 것이 배움과 물음의 부족에서 기인한다. 그래서 학문은 전인의 학문이요, 전인의 교육이라고도 한다. 사고의 형태를 바꾸고 생활을 바꾸고 인간관계를 바꾸고 언변을 바꾼다. 욕심을 줄이고 탐욕을 줄이고 성냄을 줄인다. 더 나아가서 타인과 가족과 사회와 국가에 이바지한다. 자기를 불태워 주위를 환하게 하는 촛불의 역할을 하는 것이며 자기를 녹여서 주위의 입맛을 돋우는 소금의 역할을 하는 것이다. 그것이 바로 학문의 결과다. 굳이 학문이라고 고차원적인 표현을 하지 않더라도 범인은 누구나 학문을 한다. 단지 체계적이고 전통적이고 역사적인 학문이 되지 못할 뿐 학문은 학문이다. 학문은 생활부터 시작하여 수학, 철학, 과학, 역사, 문학, 예술 등 이루 말할 수 없다. 특히 예술 분야는 학문의 영역에도 속하지만, 문화의 영역에서 가장 인간을 아름답게 표현하고 심금을 울리고 희망을 주고 무언가 내면적인 성숙과 가치를 전달해 주는 콘텐츠의 역할을 한다. 그래서 예술을 하는 사람은 독창성이라든지 심미안을 가지고 있다. 예술과 학문은 항상 공존한다. 물과 공기, 산과 바다가 공존하듯이 예술의 정신세계와 학문의 물질적 세계는 공유한다. 학문 중에서도 가장 으뜸은 역시 철학이다. 철학이야말로 학문의 중요성과 학문의 위대성, 학문의 실용성을 나타내 준다. 예술과 철학을 모두 포괄하는 것은 종교이다. 그래서 종교 예술이라고 한다. 더 큰 것이 없다. 종교적인 색채는 지구에서 가장 위대한 것이다. 문제는 종교가 매우 많다는 데 있다. 기독교도 있고 불교도 있고 이슬람교도 있다. 힌두교도 있고 천주교도 있다. 그래서 세상 사람들은 보편타당한 철학을 많이 한다. 누구나 공감하는 종교적 사상도 물론 필요하다. 종교와 현실이 일치되거나 일치되는 현상이 보일 때 우리는 그 종교를 위대한 종교라고 한다. 기독교의 경우는 하나님께서 창조하신 이 세상에 대한 확신이 있을 때이고 불교는 3법인과 4성제의 진리성, 8만 4천 대장경의 현실성이 그것이다. 그래서 종교적 입장에서 학문은 철학으로 응고되고 종교로 승화된다고 볼 수 있다. 다양한 학문을 통해서 인생을 넓게 보자. 동서고금을 통하여 진리에 도달해 보자. 동서양의 철학과 사상을 통하여 지혜의 바다에 들어가 보자. 우리가 고민하는 모든 것은 학문 속에 포함되어 있다. 그 영역을 벗어난다면 정신적, 종교적 치료가 있을 뿐이다. 특히 학문의 정수는 아는 것이며 행동하는 것이며 상생이며 점진적 해결이다. 그리고 고차원적인 인간의 질문에 대한 또 다른 대답을 할 준비가 되어야 한다. 학문은 지혜라는 표현을 쓰기도 한다. 학문의 끝은 지혜라는 말도 맞다. 단순한 삶을 사는 일일 노동자도 있고 인생 전체를 철학적 종교적 사유 속에서 사는 사람도 있다. 인간의 부류는 각양각색인 것이다. 끊임없는 도전과 사고 속에서 학문을 발전시키고 또 인간의 모든 문제를 해결해 보자. 부지런히 배우고(알고, 실천하고) 부지런히 들어야 한다. 왜냐하면 학문의 영역이 너무너무 넓으니까 말이다. 그만큼 우리가 해야 할 일이 많다는 것이다. 그만큼 사회는 학문하는 사람이 필요하고 우리는 학문을 통하여 인생을 더 풍요롭게 살 수가 있을 것이다. 그대여, 고민이 있는가? 공부하라. 학문을 하라. 그리고 해결될 때 그 공부와 학문의 위대함을 얘기하라. 그렇지 않으면 고민으로부터 어떤 문제로부터 해방되고 자유를 찾는다는 것은 요원한 일일 것이다.

자연의 조화와 인간

자연의 위대성은 조화에 있다. 하늘과 땅, 산과 강 등의 자연은 조화를 이루면서 수만 년의 생태계가 보존되고 있다. 이런 측면에서 조화는 영겁의 세계를 약속하는 것이요, 모든 문제를 해결하는 열쇠이며 과정이다. 우리 인간의 세계는 자연과 조화를 이룰 때 그 가치가 극대화된다. 자연을 파괴하는 기미가 보이면 자연은 즉시 저항을 하고 곧이어 우리는 대재앙을 맞을 수 있다. 최근의 자연재해가 그것을 잘 말해 주고 있다. 태국과 인도네시아의 지진 해일이 그랬고 미국의 허리케인 카트리나가 그랬고 필리핀의 레이테섬 지진이 그랬다. 결국 인간과 자연은 공존하고 공멸할 수 있는 환경에서 살아가고 있는 것이다. 그런데 자연의 조화와 마찬가지로 인간에게도 조화가 있다. 그것은 사람의 역할이라고 한다. 인간과 사람 그리고 인류는 어떻게 다른가? 어떻게 보면 개별 인간을 사람이라고 하고 사회적 구성원으로서의 인간 그리고 타 동물과 구분되어 인류라고 하는 것이 아니겠는가? 물론 동물의 생태계에도 자연의 원리가 적용된다. 이른바 약육강식의 세계이다. 그러나 우리 인류가 약육강식의 하등한 동물과 다르다는 것은 누구도 부인할 수 없는 사실이다. 인간에게 부류가 있는가? 인종은 있다. 크게는 흑인이 있고 백인이 있다. 동양인이 있고 서양인이 있다. 동서양에서도 민족은 다르다. 일본인이 있고 한국과 중국에는 한족이 있다. 물론 중국의 한족과 한국의 한족은 다르다. 서남아시아 사람들은 또 다르다. 서양에서도 영국인과 미국인이 조금은 다르고 특히 독일인과 러시아 계통의 인간들도 다르다. 인종의 부류만 다른가? 종교 또한 다르고 철학도 다르다. 먹고 입고 마신다는 것은 동일하지만 무엇을 먹는지 등이 다르다. 또한 믿고 있는 절대신이 다르다. 요즘에는 우리나라에도 서양의 천주교와 기독교가 주류를 이루고 있지만 불교와 유교 그리고 샤머니즘이 우리의 전통 신앙이었다. 그리고 동양에서도 중동 지방은 이슬람교가 절대적이다. 그들은 알라를 부르고 《코란》을 높이 들고 있다. 서양에서도 영국의 성공회가 있고 러시아의 정교가 있다. 그리고 가톨릭 신앙이 있다. 미국의 기독교가 있고 남미의 문화나 종교도 가지각색이다. 다시 동양으로 와서 일본의 신교는 천황 제도와 맞물려 일본인의 정신을 지배하고 있다. 철학도 다르고 생활이 다르다. 동양은 정적인 문화요, 유교적 문화다. 그래서 정실주의와 이기주의가 팽배해 있다. 서양은 합리주의와 개인주의가 팽배해 있다. 그리고 인간은 근본적으로 능력이 다르다. 천부적인 능력이 다르다. 유전자의 차이일 수도 태교일 수도 있지만 천부적인 재능이 다르다. 더 분명한 것은 후천적인 노력으로 천부적인 능력이 달라질 수 있다. 또한, 우리 인간에게는 특이한 제도가 있다. 조직이 그것이다. 조직은 가정에서부터 국가에 이르기까지 다양하다. 가정은 조직의 최소 단위요, 국가는 조직의 최대 단위다. 그리고 우리와 가장 근접한 조직 중에 사회 조직이 있다. 사회 조직은 자생적 조직과 공식적 조직이 있다. 직장과 학교는 공식적 조직이요, 친목 단체 등은 자생적 조직이다. 그리고 조직에는 반드시 리더가 있고 리더를 중심으로 사람들이 자기의 역할을 재고하면서 모인다. 리더는 최고 리더에 의해 발탁 또는 승진(진급)되기도 하며 구성원의 선출로 자리매김하기도 한다. 인간의 조직도 역시 조화를 중시하는 과정이 곳곳에 배어 있다. 조직에 리더가 2명이 있다면 그 조직은 반조직이 된다. 효율성도 경제성도 반으로 줄어든다. 아니 리더의 불화는 조직의 효율을 반 이상으로 줄일 수도 있다. 그래서 역할이 필요하다. 셀 수 없는 수많은 조직이 역할 분담을 잘못하여 조화가 깨지게 되면 급기야는 조직을 구성하는 개인도 멸망의 길로 가고 조직 또한 멸망의 길로 갈 수가 있다. 한국 사람은 특히 일제 치하의 36년이란 근대 치욕 시기를 거치면서 자기 열등감이나 자아 상실감, 피해 의식 등에 젖어 있었다. 그러한 와중에 우리에게는 '완장 문화'라는 웃지 못할 행태가 생겨나기도 하였다. 완장 문화! 그것은 남을 지배하는 문화요, 남에게 훈시하는 문화요, 잘난 체의 문화가 되고 말았다. 일제 강점기 이후로 우리 사회에서 가장 추앙받는 사람들은 장인 정신에 의한 어떤 숙련된 직업을 가진 사람들이 아니고 오로지 고등 고시를 패스하여 우리 사회에서 고위직에 앉든지 아니면 정치에 입문하여 최소한 국회 의원이 된 사람들이다. 특히 요즘에는 지방 자치 단체가 정착되면서 최소한 구 의원이라도 되는 것이 출세의 시작이라고 보는 경향이 많아졌다. 특히 정보화 시대에 있어서 지식의 습득과 함께 사회 변화를 주도하여 경제적으로 안정적인 세력으로 자리 잡는 것이 최고의 직업이며 최고의 사회 활동이라고 인식하고 있는 청년과 학생들이 많다. 그것이 이른바 웰빙족이다. 어찌 되었든지 1960년대 이전의 출생자들은 암담한 현실 속에서 너무도 어렵게 살아왔고 못 먹고 못 입고 못 자고 생활하였기 때문에 그러한 것에 대한 당연한 보상 심리가 팽배해 있기도 하다. 인내의 열매란 무엇인가 하는 고민에 휩싸여 있다는 것이다. 여기에서 우리에게 역할이라는 중요한 명제가 대두된다. 조화로운 인간 삶의 시작 그리고 행복의 가장 근본이 되는 것은 어쩌면 자기의 역할을 알고 자기의 직분에 충실한 것이다. 소크라테스의 "너 자신을 알라."라는 말은 지구 최고의 명언이다. 자기 역할의 인식은 자기를 안다는 것 그리고 아는 것도 조화 속에서 안다는 것이 중요하다는 진리를 생각해 보았다. 너무도 중요한 인식의 틀이 된다고 본다.

결초보은과 배은망덕

　사람은 살아가면서 무수한 사람과 인간관계를 맺으며 살아가고 있다. 인간관계의 기본은 Give&Take다. 《금강경》에는 "무주상보시"라는 말이 있는데 그것은 주되 주는 것을 잊으라는 뜻이다. 그러므로 주지 않는 것과 마찬가지이다. 그런데 주는 사람의 입장이 아니라 나는 받는 사람의 입장에서 여러 가지를 생각해 본다. 사람이 줄 수 있는 가장 작은 것은 무엇인가? 혹자는 미소라고 한다. 조그만 인사라도 받았을 경우에는 미소나 인사로 꼭 갚아야 한다는 것이다. 그리고 표현이다. "고맙습니다, 감사합니다." 음식의 경우에는 "잘 먹었습니다." 등등의 조그만 인사를 하면서 우리는 살아가고 있다. 여러 민족 중에서 일본 사람들이 감사의 표시를 가장 선명하게 한다. 인사를 잘한다는 것이다. 그래서 일본 사람들을 은혜를 아는 민족이라고 한다. 물론 우리 한민족도 동방예의지국, 예절을 아는 민족으로 정평이 나 있다. 사실 예절 속에는 심리적인 면이지만 은혜에 대한 것도 포함할 수 있을 것이다. 포괄적인 의미에서 말이다. 우리 인생사에서 가장 중요한 것은 바로 결혼과 취직, 취미 등등이다. 결혼에는 배우자가 있어야 하고 배우자의 친척이 있고 지인이 있다. 수많은 사람과의 인간관계가 늘어나는 것이다. 취직은 직책과 업무가 있다. 무엇을 하면서 사느냐의 문제에서 직업만큼 귀중한 것은 없다. 직업을 가지면서 또한 수많은 사람과 인간관계를 맺고 고객 관리를 통하여 우리는 직업 근성과 정신을 나타내고 있다. 되도록 자기 직업에서 최고가 되고 조직에 도움과 이익을 주기 위하여 우리는 최선을 다하고 있는 것이다. 취미는 독특한 자기 삶의 과정이다. 음악을 좋아할 수도 있고 등산을 좋아할 수도 있다. 골프도 테니스도 독서도 좋아할 수 있다. 동호회에 가입할 수도 있다. 많은 취미 활동을 한다면 깊이는 줄어들지만, 재미는 배가될 수 있다. 그리고 우리 인간사에 많은 도움을 주는 사람이 있다. 도움을 주되 결정적으로 도움을 주는 사람이 있고 핵심 사안에 대해서만 도움을 주는 사람도 있다. 결혼할 수 있도록 참한 배우자를 소개해 준 사람이 있으면 우리는 꼭 잊지 않고 찾아가서 인사를 하고 중매의 경우에는 그에 따른 대가를 지불한다. 결혼 후에도 시가나 친정의 수많은 사람에게 도움을 받고 살아간다. 물론 도움을 주는 경우도 있지만 우리는 도움을 받은 사람에게 관심을 갖는다. 도움을 준 사람은 잊어야 하는 것이 동양 철학이다. 그렇지 않으면 화가난다. 그렇지 않으면 패가망신할 수도 있다. 그래서 《금강경》은 벼락경이다. 벼락처럼 내리치는 지혜 중 가장 중요한 지혜는 덕을 베풀되 과보를 바라지 않는 것이다. 덕을 그리고 은혜를 입힌 사람을 우리는 잊어서는 안 된다. 그것이 인간관계의 기본인 Give&Take인 것이다. 직업의 선택과 취직에 있어서도 마찬가지이다. 수많은 사람과의 인간관계 속에서 우리는 직업을 선택하고 또 결정짓고 생의 보람과 함께 만족을 얻는다. 알게 모르게 우리에게 도움을 준 사람들이 있다. 배우자, 친구, 상관, 동료, 또는 어떤 조직이 될 수도 있다. 그런 사람과 조직 구성원에게 감사의 인사와 감사의 생활은 꼭 필요한 것이다. 결초보은이란 죽어서도 은혜를 잊지 않는다는 말이다. 배은망덕이란 그 반대의 경우이다. 우리는 배은망덕하는 사람이 되어서는 안 된다. 더 많이 베풀 수는 없어도 최소한 남에게 입은 은덕은 한없는 감사와 고마움으로 표현해야 한다. 말 한마디에 천 냥 빚을 갚는다는 말이 있다. 말을 조심하면서 가려서 하면서 고마운 말을 하면서 살아야 한다. 또한, 사람이 살아가면서 중요한 것이 무엇을 하면서 누구와 어떻게 살아가느냐의 문제이다. 그것은 결국 취미 생활 등 비공식 조직의 생활이다. 친구와 친척의 동호인 모임, 옛 군대 시절 동료의 모임, 직장인과 함께하는 어떤 비공식적 모임(종교, 철학, 운동) 등이 중요하다. 어떻게 사느냐는 자기 생활의 활력이 된다. 더군다나 지금은 주 5일제 근무가 정착되었다. 가족의 구성원은 가장 원천적이면서도 사회의 기본 단위이니까 말할 필요도 없다. 어떤 조직에서 어떤 생활을 하든 간에 그리고 아침이든 저녁이든 우리는 많은 사람에게 은혜를 입고 있다. 큰 은혜는 결정적 은덕이고 작은 은혜는 사소하지만 우리 생활에 윤활유가 될 만한 은덕이다. 다시 한번 강조하건대 우리는 결초보은하는 사람이 되자. 결코 배은망덕하는 사람이 되지 말자. 사회는 공식적인 조직만 필요한 것이 아니다. 모든 것은 비공식과 뒷얘기 등 막후 협상이 중요한 것이다. 이때 비로소 인간관계가 나오는 것이다. 손해를 보는 것 같은 인생, 유약할 것 같은 인생, 나약할 것 같은 인생, 그러나 그러한 인생이 겸손한 것이고 그러한 인생이 추앙받는 것이고 그러한 인생이 결국 세상에서 가장 보람과 만족을 얻는 인생이다. 그래서 《도덕경》에 "반지도지동, 약자도지용"이라고 했다. 머리를 숙이면서 감사할 줄 아는 사람이 진정한 인간의 자격이 있는 것이다. 받은 은혜를 잊지 말자. 주었다는 생각은 버리자. 이것이야말로 위대한 인간의 시작이다. 일본 사람에게 가장 본받을 만한 것이 바로 은혜를 잊지 않는다는 것이다. 결초보은의 정신이다.

아침을 열며

아침, 그것은 우리에게 뜨거운 열정을 주는 시간이다. 암흑의 밤을 헤치고 수많은 어둠의 자화상을 밀쳐 내고 더 떳떳하고 자명하게 혼을 심어 주는 아침을 맞이한다. 아침은 광명에서 시작한다. 여명의 흐릿한 빛은 찬란한 광명의 시작을 알려 주는 거룩한 신호이다. 그래서 인간은 밤에는 쉬도록 설계되어 있다. 밤에 해야 할 일을 아침에 하도록 만들어져 있다. 밤은 고통과 쾌락을 동시에 연출할 수 있다. 고통은 야간작업을 하는 사람에게는 끝없는 고통이 된다. 인간의 생리 현상을 뒤집어 버렸기 때문이다. 그러나 사람이 살아가는 데는 질서가 있고 법규의 집행도 있다. 그래서 야간작업을 도외시할 수만은 없다. 다만 야간에 건설적이고 건전한 작업을 마친 사람의 아침은 다르다. 프로 근성과 자아 정체성이 확립되었기 때문에 그렇다. 그러나 어두운 밤을 휘황찬란한 유희로 보내 버린 사람의 아침은 어떨까? 흥청망청 이성을 상실하고 동물적 근성에 기인한 알코올을 마셔 대면서 인간의 추악한 모습을 드러내며 간신히 아침을 맞는 사람은 불행을 자초한 사람이다. 그는 미래가 없다. 미래의 시작은 내일이고 내일이 연속되어 미래의 청사진을 이룬다. 현명한 사람은 아침을 사랑한다. 지혜로운 사람은 아침에 태양의 강렬한 기를 받는다. 그리고 조용히 미소를 지으며 인간임을 너무도 감사해한다. 상쾌한 아침에 바삐 걸어가는 사람을 보라. 그의 눈동자는 힘이 차 있고 그의 몸짓은 패기가 넘치고 그의 얼굴에는 윤택이 감돈다. 현명한 사람의 특징은 자만에 있지 않다. 타인을 만족시키는 것이 우선이다. 그러나 우매한 사람은 자신의 만족에 급급해한다. 장기적인 만족이 없다. 정확한 비전과 계획이 없다. 현실에서 도피하고 현실을 타파하려고만 한다. 그것도 아무런 대책이 없이 통상 기분과 정신적 물질 등에 의존한다. 인간을 인간답게 만드는 것은 사람과 사람의 조화 그리고 위대한 자연과의 조화에 있다. 양극단에 너무 치우친 사람에게는 조화가 들어갈 틈이 없다. 종교적 신념에 의한 밝은 모습이야말로 가장 신성한 것이라고 한다면 인간적인 조화의 모습에서 우러나오는 것이야말로 조화의 극치이다. 아침을 맞이하되 우리는 자신에게는 한없이 엄격하고 타인에게는 한없이 관대한 그런 아침이어야 한다. 끊임없이 펼쳐진 대우주에 있어 우리의 존재에 대한 감사가 먼저이다. 존재하는 것은 무조건 감사할 일인 것이다. 존재는 광명이다. 암흑으로부터의 해방이다. 그러나 존재에 대한 자기혐오 또는 자기 학대, 이런 것은 암흑보다도 더 못한 것이다. 비유하자면 돈을 흥청망청 써 버리는 사람은 돈이 없는 사람보다도 더 못하다는 것이다. 암흑으로부터 탈출, 그것은 우리 인류의 희망이다. 모르는 것에서 앎의 세계로, 무의식의 세계에서 의식의 세계로, 자만의 세계에서 타인과 공존하여 이타 정신을 발휘하는 세계로, 자기 전문 영역에 대한 강렬한 집착에서 더 높은 창조의 세계로, 동서고금을 넘나드는 역사 인식으로, 무언가의 역사 속에서 자신을 밝혀내고 거기에 투영시켜 보는 그런 역사의 세계로 광명은 우리를 인도할 것이다. 아침에는 산에 오르자. 아침에는 산책을 하자. 아침에는 반드시 하늘을 보자. 이슬을 머금은 영롱한 풀잎을 보면서 광명의 빛을 찾아나서자. 그러기 위해서는 밤을 이겨야 한다. 어둠은 악마이다. 어둠은 유혹이다. 어둠은 타락이다. 그리고 어둠은 정제되지 않은 자기의 본색이 드러난다. 우리에게는 생로병사가 있다. 그것은 생장 소멸의 모든 자연의 이치와 상통한다. 우리는 성장과 학습을 하고 직업을 선택하고 이어서 결혼하고 자녀를 갖는다. 자녀는 자기의 분신이며 혼이다. 저녁에는 틈나는 대로 가족이 모이자. 가족회의가 아니어도 좋다. 오손도손 얘기를 나누며 아침을 준비하자. 그리고 항상 되뇌자. 우리는 왜 사는가? 희망이 가득 찬 아침을 맞이하기 위해서 살아간다. 밝은 태양을 보면서 부끄럽지 않은 인생을 맞이하기 위해 노력한다. 그리고 내일의 희망과 미래의 비전을 성취하기 위해 수많은 독서와 대화와 학문을 한다. 만족은 없다. 항상 부족한 것에 행복을 느낀다. 만족이란 더 이상 노력을 하지 않는다는 말이다. 부족함에는 행복을 추구하고 만족함에는 다시 자신을 돌아보자. 분명 무언가 오해가 있을 것이다. 현실은 언제나 미래를 위해 무언가 해결해야 할 것들이 산적해 있다. 세상은 너무 넓고 할 일이 많다. 그런 세상에 우리는 발을 딛고 있다. 아침은 하루를 연다. 하루는 일 년을, 일 년은 평생을 연다. 아침의 대문이 굳게 닫힌 집에는 희망이 부족하다. 아침에는 마음의 문까지 활짝 열고 태양을 맞이하자. 그리고 또 감사하자. 대우주에 나라는 존재를 각인시키고 또 희망을 준 것에 대해 자연과 신에게 그리고 부모님께 감사를 드려야 한다. 그리고 일터로 향하자. 발걸음도 가볍게. 이런 것들을 쉴 새 없이 되뇌자. 오늘도 태양은 떴고 내일도 더 밝고 찬란한 태양이 우리를 비출 것이다. 어둠에서 헤어나지 못한 사람은 커튼을 다시 칠 수밖에 없다. 그러나 그는 미래가 없는 사람이다. 인간은 꿈과 미래와 희망과 영원한 존재의 가치를 위해 오늘을 살고 있는 위대한 고등 동물이다. 준비되고 비전이 있는 사람은 죽음마저도 행복하게 맞이한다. 교황 요한 바오로 2세는 죽음에 앞서 "나는 행복합니다. 여러분도 행복하십시오."라고 했다. 정말 뜨거운 아침을 제대로 맞이한 사람의 표본이다. 죽음도 행복하게 맞이한 것이다. 준비된 자에게는 늘 희망이 있고 늘 미래가 있고 늘 인생의 잔잔한 행복이 보인다. 아침에 우리의 준비성을 다시 확인하고 더 뛰어보고 더 날아 볼 수 있도록 노력해 보자. 이것은 반드시 실천하고 해야 할 인간의 거룩한 의무이자 또는 권리이기도 하다. 그만큼 인간은 위대하다.

상생의 길

지금도 국가 간의 국력이나 국제 관계의 틀에서 보면 냉엄한 정글의 법칙이 적용된다. 약육강식이다. 미국의 패권 정책에 중국이 반기를 든다. 인도양에서의 석유 수송로 다툼이 계속되기도 하고 이라크 문제, 이란 핵 문제 그리고 우리와 밀접한 관계가 있는 북한 핵 문제가 그것이다. 전통적인 열전과 냉전 시대가 종료되고 이제는 이념 대결이 아닌 인간적인 조화를 찾지 않을까 하는 기대를 안고 21세기가 출발했지만 여전히 그 화해의 목소리는 멀리서 들려오는 메아리뿐이다. 역시 세계를 아우를 수 있는 강대국의 힘은 여전히 대단하고 그들이 배려하지 않는 한 어떻게 할 도리가 없는 것이 아직은 국제 정치의 현실인 것 같다. 힘 그리고 국력이 아직은 모든 철학과 이념을 앞선다. 6.15 남북 공동 선언 이후로 북한 문제가 상당히 호전된 것 같은 느낌과 기대 속에 우리는 많은 후속 조치가 물결처럼 이루어지리라는 희망을 품었지만 지금은 많은 것이 표류하고 있다. 환상이 되어 버릴지도 모른다는 불안감에 휩싸여 있기도 하다. 최근에 북한은 한미 연합 훈련을 핑계로 모든 대화를 미루거나 거부하고 있고 미국은 이제 아랑곳하지 않고 대북 경제 제재에 더욱 박차를 가하고 개성 공단의 근로자 임금까지 제시하며 북한 인권 문제에 집중하고 있다. 북한의 핵 문제 해결을 위한 6자 회담은 어디 갔는가? 작년 9.19 공동 성명 발표 후 더 이상 전진을 하지 못하고 있다. 진전이 없는 것이다. 협상이 부진한 것이다. 그리고 지금도 북한은 핵보유국을 향해 강행군하고 있을 것이다. 아니 북한은 벌써 핵 보유를 선언한 바도 있다. 다만 핵 문제와 다른 차원의 경제 문제와 금융 제재 문제에 부딪히고 인권 문제를 제기하는 국제 사회의 여론을 고려한다면 북한은 또 다른 위기를 향해 가고 있는 것은 아닐까? 북한의 위기는 분명 한반도와 긴밀한 관계가 있다. 미국 또한 자국의 이익 확대와 전통적인 패권의 가치 아래에 있기에 우리와 북한의 입장을 먼저 생각하지 않는다. 자국의 이익과 국민 보호가 먼저이다. 국가가 먼저인가, 타국과 공조가 먼저인가? 하는 근본적인 질문에 미국은 미국의 이익을 우선한다는 자신감을 갖고 모든 것은 미국의 이익을 위해 그리고 미국의 자유 확산이라는 가치 아래 정책이 실현되고 있다. 9.11 테러의 충격이 아직 채 가시지 않은 것이다. 한반도를 둘러싼 국제 관계, 한반도의 운명 등이 마치 100년 전의 우리 모습을 보는 듯하다는 얘기가 있다. 북한은 북한대로 민족 공조를 강조하지만 지금까지 우리 삶의 모습과 6.25 전쟁 이후 굳어져 버린 남북의 고정 대결 성향은 국가 의식이 당연히 앞선다. 우리 한반도의 운명을 좌우하는 길이 반세기 이상 대결 양상을 보였던 북한과 대한민국, 중국, 러시아, 일본, 미국 등 6자의 세력 다툼과 자국의 이익에 너무도 첨예한 시대에 돌입했다. 그렇다면 해법은 무엇인가? 누가 어떻게 변해야 하는가? 과연 상생의 길은 없는가? 지금의 세계는 손문이 강조했던 민권의 시대요, 민생의 시대에 어쩌면 가장 근접한 시대라고 본다. 민권이란 인권이요, 인간적인 삶의 질 향상을 의미하는 것이며 민생은 민권의 범주에 포함될 수 있는 아주 기본적인 의식주의 향상일 것이다. 생활과 의식의 향상 그리고 정신과 물질의 향상이 21세기의 세계이다. 한반도를 둘러싼 모든 나라가 다 상생해야 한다. 그들의 상생이 우리를 도울 것이며 그들과의 공존이야말로 우리나라를 세세만년 영원토록 보존해 줄 것이라는 것은 아주 중요한 문제이다. 그러나 해답은 그리 단순하지 않다. 우선 북한의 우리식 사회주의가 그렇고 미국의 강력한 패권 정책이 그렇고 일본의 군사 대국화와 보통 국가화가 그렇고 중국의 자기 인민을 위한 기미 정책과 동북 공정 등의 화평 굴기가 그렇다. 그리고 러시아의 "옛 소련이여, 부활하라."라는 대국 의식이 그렇다. 그 외에도 세계의 많은 나라가 아직은 자국민을 우선 사랑하지 않을 수 없고 국제화와 글로벌화라고는 하지만 분명한 것은 이 지구의 최고 또는 최대의 영원한 조직이야말로 국가라는 것이다. 국가와 세계화는 함께하고 있고 자국의 힘은 상생의 범위에서만 인정을 받고 신뢰를 받는다. 가까운 데서부터 먼저 보자. 북한은 개혁과 개방을 통한 세계화의 물결에 탑승해야 한다. 우리식 사회주의라든지 주체라든지 하는 전통적인 체제 유지 정책으로는 거대한 흐름을 이겨 낼 수가 없다. 물론 갑작스러운 개혁에 대한, 개방에 대한 어떤 갈등 요소가 없는 것은 아닐 것이다. 그러나 그 흐름이 후손 전체에게는 그리고 더 영구적인 측면에서는 가야만 하는 길이다. 중국의 변화는 그것을 입증한다. 중국 역시 70년대까지만 하더라도 우리와는 상극의 공산주의 국가였다. 그러나 지금은 어엿한 세계의 중심 국가로 동양의 대변하면서 미국과의 패권을 다투는 잠재력 있는 대국이 되었다. 등소평의 흑묘백묘론은 그것을 말해 준다. 민생과 민권이 먼저인 중국 혁명가의 예언이 적지 않게 맞는 것이다. 요즘에는 중국이 발전을 거듭함에 따라서 녹묘론도 솔솔 나오고 있다. 바로 환경 파괴에 대한 인권의 제약이다. 그리고 삶의 질에 대한 중국인의 목소리가 나오고 있다는 것이다. 세계는 인간 중심으로 변해 가고 있다. 사람이 자연과 조화되는 바로 그런 세계이다. 이때 사람이란 세상의 모든 사람을 말한다. 미개국도 있고 개발국도 있고 선진국도 있다. 그러나 글로벌화하는 세계에서 우리는 미개국을 그냥 방치할 수는 없다. UN 등 국제기구를 통하여 그들의 삶의 질까지 향상해 인간과 인권의 대양으로 끌어올려야 한다. 그것이 21세기를 살아가는 사람들의 참모습이다. 이와 같이 북한은 세계화의 도도한 물결을 거스르지 말아야 한다. 그래야만 고구려의 위용을 찾을 수 있는 길이 열릴 것이다. 대한민국은 북한을 통하지 않고는 대륙의 기운을 받을 수 없다. 한반도를 통해서 몽골도 만주 땅도 시베리아도 진출할 수 있다. 그래서 대륙성을 찾아내야 한다. 일본은 과거를 통절하게 반성하고 그 높은 선진 의식과 경제 발전을 세계를 위해 써야 한다. 피해를 주었으면 보상하는 것이 인간이다. 그리고 일회성으로 끝나서는 안 되고 상대 국가가 그만하라고 할 때까지 보상해야 한다. 그것이 21세기의 책임 있는 국가가 가는 길이다. 야스쿠니 신사 참배를 멈추고 적어도 국가의 지도자로서 행세해야 한다. 독도 점유라는 반세계적이고 반인간적인 발상을 없애야 한다. 그것이 일본다운 면목이다. 일본인의 후손에게는 짐을 주지 말아야 하는 것이다. 러시아 역시 과거 소련의 팽창주의에 기인한 모든 것이 치유될 때까지는 좀 더 자중하면서 세계 평화에 기여할 수 있는 길이 무엇인가를 생각해 봐야 한다. 지금이 문제가 아니다. 우리 역사, 지구의 역사는 영원하다는 가정을 하고 판단해 보는 것이다. 역시 모든 상생과 조화의 핵심은 미국이다. 키를 보유한 것이다. 그것도 마스터키다. 미국은 평화를 사랑하고 개척 정신과 불굴의 투쟁 정신 그리고 헝그리 정신으로 아메리카를 개척한 사람들이 모인 국가이다. 미국은 누구보다도 인간적인 삶이 무엇인가를 고민하면서 유럽과 세계에서 모여든 사람들이 건국한 다민족 대국이다. 그래서 미국은 먼저 포용력이 있어야 한다. 미국은 눈부신 발전과 인류 문명을 선도하는 대국이며 전 세계 국방비를 합한 것보다도 더 많은 국방비를 사용하여 세계를 호령하며 그야말로 PAX-Americana를 꿈꾸고 실행하는 중이다. 그러므로 더 넓은 아량과 베풂으로 세계에 영원히 우뚝 서야 한다. 그러기 위해서는 다양한 목소리를 들어야 한다. 미국은 물론이요, 세계의 목소리를 들어야 한다. 미국의 운동 경기는 항상 세계의 이목이 쏠린다. 프로 야구, 농구, 미식축구 등등이 그렇다. 미국은 그 리그를 'National League'라고 한다. 세계적인 것이 미국적인 것이라는 것이다. 그러나 더 큰 세계의 진정한 여론을 수렴하여 이 지구의 카오스가 완전히 걷어진 진정한 코스모스의 체계를 확립하도록 그 역할을 다해야 한다. 우리와의 긴밀한 관계는 두말하면 잔소리다. 혈맹 관계야말로 당연한 말 아니겠는가? 상생의 길은 수많은 우여곡절과 시행착오와 인내와 집중과 장기간의 기다림 그리고 지혜 등이 필요하다. 이제는 누군가를 죽이고 누군가는 살아가는 흑백 논리나 제로섬 게임에서는 벗어나야 한다. 그것은 국가 간의 문제만이 아니고 개인과 사회에도 그대로 적용된다고 생각한다. 아니 지금 당장 무엇을 기대한다는 다급함이 아니라 22세기가 되어서도 우리 인류가 가야 할 길이 아닌가 생각하는 것이다.

늘 처음처럼

인간은 태어난 것만 가지고도 위대한 것이다. 수많은 생물과 만물이 삼라만상에 흩어져 있는 와중에 우리는 정말 자신감을 가져도 될 것 같다. 수많은 우여곡절이 상존하는 인간의 세계에서 하루하루 존재에 대한 끊임없는 감사의 마음이 절실하다. 늘 있으니까 오늘도 존재한다는 안일한 마음으로 살아갈 수 있을까? 인간의 생활은 문제 해결의 과정이라고 한다. 오늘보다 어려웠던 시절을 생각하면서 그 해법을 찾아 나서는 것이 급선무다. 처음이란 가장 천진난만했던 시절이 될 수도 있고, 얽히고설킨 세월의 흔적 속에서 과거에서부터 다시 시작하는 마음일 수도 있다. 물론 거기에는 수많은 시간이 필요하다. 15년을 허송세월했다면 15년이 걸려야 해결된다는 마음으로 가야 한다. 그러나 초스피드로 가야 하겠지. 그만큼 핵심적인 사항을 간추려야 하고 그만큼 노력을 많이 해야 한다. 건강도 중요하다. 앞만 볼 수 있는 것이 아니다. 모든 상황을 생각하면서도 전진하고 변화하고 혁신하는 마음이 없다면 그리고 치유 가능한 일을 찾아볼 엄두가 나지 않는다면 바로 모든 것은 수포요, 포기요, 절망이요, 무관심이다. 책임 있는 일이 아니다. 사람에게는 여러 가지의 성품이 있다. 아무리 모질고 거친 사람도 부드럽고 향기 있는 대목이 있고 아무리 여성스럽고 부드러운 남자도 모질고 거친 면이 있을 것이다. 그래서 사람은 늘 자신감을 가진다. 도전이란 끝이 없는 것이며 또한 실패는 하면 할수록 강해지고 노하우가 생긴다는 것쯤은 누구나 다 알고 있을 것이다. 사람이 살아가면서 가장 행복을 느끼는 것은 부부 관계이고 거기에서 파생되는 것이 가정이고 자녀이다. 나를 찾는 것이 얼마나 중요한 것인지는 40대의 인생 장년기 정도 되면 누구나 느낄 수 있을 것 같다. 자기의 잃어버린 반쪽, 배우자를 찾는 것이 중요하다. 그리고 인생의 항로에 닻을 내리고 전진한다. 그 항해에는 여러 가지 항로와의 싸움, 폭풍우와 거친 파도 등 자연과의 싸움, 인간관계와 자기 역할에서 오는 여러 가지 환경과의 싸움, 자기 자신과 가족들의 기대와 부응에서 오는 수많은 상황과의 싸움이 펼쳐질 것이다. 상대방이 좋아하는 것을 해 주는 사람이 가장 행복할 수 있고 가장 보람을 얻을 수 있다는 진리와 때로는 그 진리를 거역하면서 또 자기의 주장을 내어 가면서 그렇게 생활한다. 갈등에 따른 협력과 설득과 강요 그리고 때로는 멸시와 분노를 자아내면서 자기의 만족을 추구한다. 그러나 하루의 갈등이 편할 수 있는 것이고 하루의 순종과 협력이 갈등의 요소가 될 수 있다는 장기적인 안목을 가끔은 망각할 때가 있다. 그럴 때 참다운 지혜가 필요하고 상생이 필요하고 다시 처음으로 돌아가서 조용히 기도하는 마음이 필요하다. 지혜는 연륜이 쌓이면서 늘어난다고 한다. 사막에 던져진 생명체의 몸부림으로 변화와 함께 투쟁의 정신으로 살아가지 않으면 화를 모면하기 어려운 시기가 있을 것이다. 그 몸부림이란 작은 것에서부터 시작하는 변화의 몸부림이요, 적응의 몸부림이고 나를 긍정하는 범위 내에서 미래를 찾고 긍정적인 자아를 찾는 몸부림이다. 하나를 부정하면 열을 부정하게 되고 그것은 끊임없는 부정과 회한으로 점철될 수밖에 없다. 날마다 인내하고 지식과 지혜를 총동원하고 선택의 기로에서 심사숙고하고 자본주의에 사는 사람으로서 창의력과 함께 미래를 내다보는 생산성 등에 항상 관심을 기울여야 한다. 말을 적게 하는 것도 중요하다. 신뢰는 말을 실천하는 데 있지 말을 많이 하거나 남에게 충고하는 데 있지 않다. 작은 것부터 하나하나 묵묵히 실천하는 것과 아울러 상대방을 진심으로 인정하고 새로운 대안을 찾아보는 것이 심리학적으로나 현실 세계에서 가장 중요한 일이 아니겠는가? 유연하고 융통성 있게 대처해야 한다. 지는 것은 지는 것이 아니다. 단지 평화를 원할 뿐이다. 그러나 결정적인 의사 결정에서는 과단성을 보여야 한다. 상대방의 의중을 간파하면서 나의 관념을 주입하는 것도 중요하지만 대수롭지 않은 것은 상대방을 믿고 신뢰하는 길이 중요하다. 지금의 나를 가장 행복한 나로 평가해 줄 수 있는 사람은 자신뿐이다. 가장 행복한 사람은 남을 위해 헌신할 수 있는 여력이 있는 사람, 남을 위해 베풀어 줄 힘이 있는 사람, 그리고 마음이 있는 사람이다. 그것은 자신의 본질이 완성된 사람부터 시작된다는 것이 진리인 것 같다. 자신을 가장 사랑하고 아끼고 이해하고 자신감을 가질 수 있다는 것은 그만큼 쌓아 온 연륜 속에서 스스로 겸허하게 생각한다는 것이다. 그리고 타인에게 지대한 관용과 용서와 더 큰 사랑을 줄 수 있다는 것이 늘 우리를 행복하게 한다. 그래서 근본적인 나를 찾아 무언가 욕구 불만을 풀어 볼 수 있는 길은 처음으로 돌아가 보는 것이다. 그때 나의 생각은? 지금 나의 생각은? 나를 진심으로 사랑하기 위해서는 근본에 다시 한번 서 보고 모든 원인이 나에게 있음을 명심해야 한다. 타인에게는 잘못이 없다. 아내와 아들에게도, 딸에게도 말이다. 더 나아가 모든 지인에게도…. 나를 사랑하는 최고의 방법은 늘 처음으로 돌아가 나를 단단히 채찍질하는 것뿐이다. "행유부득이면 반구제기라." 공자님의 명언 중 명언이다.

또 다른 시작을 위하여

인간은 무엇 때문에 고통을 당하는가? 무릇 욕망의 늪에서 허덕이는 사람에게 고통은 온다. 욕망의 바다는 끝이 없다. 하고 싶은 대로 하는 것도 욕망이고 역으로 하기 싫은 일을 안 하는 것도 욕망이다. 그래서 마음을 다스린다는 것이 중요하다고 한다. 자연스럽게 물이 흘러가는 곳으로 놔두는 것, 비틀스의 〈Let it be〉이다. 그런데 물이 흘러가는 대로 놔둔다면 인간이 할 수 있는 일은 무엇일까? 흐르지 않아야 할 곳으로 물이 흐를 때 물길을 잡아 주는 것이다. 다시 말하여 길을 열어 주는 것이다. 그것이 도(道)이다. 그래서 도, 즉 길을 알아야 한다. 안내하려면 자신의 길을 먼저 터득해야 한다. 물은 주로 큰 줄기를 잡아 주면 된다. 작은 물줄기는 수없이 많을 것이다. 그런데 인간은 많은 물줄기를 스스로 잡으려고 애를 쓴다. 더군다나 상대방의 물줄기마저도 자기 것처럼 간섭하고 요구하고 설득하고 바란다. 그것이 고통의 멍에를 쓰고 우리 옆을 간간이 노리면서 오고 있는 것이다. 인법지, 지법천, 천법도, 도법자연이라고 한다. 결국 사람은 지천법도자연을 알고 터득해야 한다. 그러면 지, 즉 땅에서는 무엇을 따라야 하는가? 땅에 발을 딛고 있는 모든 사물 중에서 가장 으뜸인 것을 우리는 본받아야 마땅하다. 인간도 가장 인간적인 사람, 욕망의 불을 끄고 본시 누구에게나 모범이 될 만한 사람을 본받아야 한다. 그런 사람이 적어도 좋고 많아도 좋다. 정치, 예술, 법조, 교육 등 어디에 종사해도 좋다. 그러한 인간을 본받고 또한 다른 생명체에서도 본받아야 한다. 꽃에서는 향기와 자태를, 나무에서는 인내와 끈기를, 가냘픈 초지에서는 고개를 숙이는 것과 겸손을, 장엄한 산에서는 무겁고 고요함을, 수풀 속에서는 조용함을, 불꽃에서는 질풍 같은 기질을, 바다에서는 포용력을…. 그렇게 수없이 우리는 본을 받아야 한다. 그래서 인간은 땅과는 불가분의 관계 속에서 영속하는 것이다. 땅은 천을, 천을 도를, 도는 자연을 본받는다는 것은 도도한 흐름이다. 역사의 흐름 속에서 큰 물줄기는 아무런 구애없이 지금도 펼쳐지고 있다. 자연을 으뜸으로 하면서 말이다. 자연은 말이 없는 것이다. 순리이다. 지고지순한 것이다. 삼라만상에 자연처럼 위대한 것은 없다. 자, 다시 인간으로 돌아가 보자. 인간의 행태는 주로 다음 다섯 가지의 기준을 두고 행해진다고 어느 학자가 얘기했다. 첫 번째는 충동에 의한 행동이다. 가장 저급한 인간의 유형이다. 충동이란 무계획이다. 기분대로이다. 기분은 순간적으로 변한다. 믿을 수 없다. 신뢰와 존경과는 거리가 멀다. 충동질은 감정의 동물인 인간의 행동 유형을 나타낸다. 가장 저질이고 저급하며 시급히 개선해야 할 인간의 행동 유형이다. 두 번째는 자기의 무리를 조성하는 것이다. 편 가르기다. 이런 사람들은 세력을 좋아해서 모든 것을 우군과 적군으로 분류한다. 중급인 인간의 유형이다. 그 사람은 오직 흑백의 기준을 가지고 있다. 아와 피아의 관계이다. 그러나 저급한 인간보다는 100배 나은 인간이다. 세 번째는 이해관계에 따라서 행동하는 인간이다. 이익과 손해가 분명하다. 이익은 장기적인 이익이 있고 단기적인 이익이 있다. 주로 단기적이고 근시안적인 이익에 눈이 먼 사람의 얘기다. 그러나 그 사람 역시 중상급의 인간일 뿐이다. 이상적인 인간은 아니다. 이익에 너무 눈이 멀면 사람은 저속해진다. 협량이다. 그릇이 작아 무슨 일이든 희생정신을 기대하기는 힘이 드는 유형이다. 그러나 이러한 인간은 현대 사회에서는 그래도 인정해 준다. 중급보다도 더 나은 인간의 유형이다. 다음 네 번째는 정의에 따라 행동하는 유형이다. 바르면 이익이 없어도 행하고 바르지 않으면 이익이 있거나 능력이 있어도 행하지 않는 것이다. 선비의 유형이다. 상급의 인간이다. 우리나라 특히 조선의 선비들은 의로운 일에는 전력투구하면서도 인의를 벗어난다든지 도를 벗어나면 임금의 명령이라도 복종하지 않았다. 의로운 죽음이나 귀양을 맞이할지언정 불의나 부정에는 타협하지 않은 것이다. 사회에는 이러한 인간의 유형이 많아야 훌륭한 사회가 된다. 지금 우리 사회나 국가도 이러한 노블레스 오블리주 유형이 필요한 것이다. 지도층일수록, 즉 부와 명예와 권력이 있을수록 국민에게 존경받는 사람이 되어야 한다는 것이다. 이 유형은 스스로 채찍질하고 우리 사회의 역사와 미래에 책임이 있는 사람의 유형이다. 마지막 다섯 번째는 종교적인 삶의 행동을 보이는 사람이다. 신의 뜻에 따라 행동하는 성직자를 뜻한다. 말 그대로 성인이다. 종교적 신비는 인간 행위의 극치에서만 발견된다. 상식적으로는 이해할 수 없는 것이다. 종교인의 성스러운 행동은 바로 이런 유형에서 나온다. 이상 이 유형들은 인간을 평가하는 기준이 될 수 있다. 스스로 판단하는 기준이 될 수도 있다. 이런저런 유형의 장단점을 모두 포괄해서 행동하는 사람도 있을 수 있다. 그러나 그는 기회주의자가 될 수 있다. 결국 이익에 따라 움직인다는 것이다. 그러나 어찌 되었든지 우리 인간이 가장 경계해야 할 인간의 유형은 충동의 인간이다. 욕망을 절제하지 못하고 쉽게 발산해 버리는 인간에게는 배울 것이 없다. 동물 수준이다. 그러한 인간에게는 고통이라는 두 글자가 항상 따라다닌다. 학문적으로나 논리적으로나 참는 사람과 유연한 사람에게 그리고 인내하는 사람에게 결국은 복이 온다. 복은 건강과 행복일 것이다. 복은 사는 의미를 부여하고 사람됨을 자신 있게 대답하는 것이다. 복 있는 사람은 자기를 완성하고 가정을 돌보며 사회와 국가를 위한 무엇인가 준비를 하는 사람이다. 그것은 새로운 시작의 발판이 될 수 있다. 결국 인간은 인내와 겸손만이 새로운 시작과 함께 행복의 권리를 찾을 수 있는 길임을 깨닫게 된다는 것이다. 탐진치에서 해방하여 계정혜의 덕과 공을 쌓아야 한다.

◇◇◇◇
수양의 길

　매일매일 삶의 연장선에서 우리는 무엇을 남기고 있는가? 남김이 없이 살아가는 것도 하나의 지혜일 것 같기는 한데…. 그러나 인사유명이라고 하지 않았는가? 그러면 무언가 의미 있고 널리 필요한 것을 남겨야 한다. 물론 억지로 만들 수는 없을 것이다. 세상을 살아가면서 하나하나 터득하고 그것을 응용하고 사회에 적응하며 무엇인가 인류에 기여하는 사람이 이름을 남긴다. 장기적인 전략과 계획을 세우고 하나하나 실천하며 무엇인가 보람된 일을 해야만 한다. 수신제가 치국평천하는 시간적인 개념은 물론 아닐 것이다. 그러나 기본적으로 가화만사성은 만고의 진리인 것 같다. 그리고 가장 중요한 것은 역시 수신이고 수양이다. 노자의 허를 본받아야 한다. 여유는 허에서 나온다. 생활에는 전력투구하되 쓰임은 궁력거중을 회피해야 한다. 허를 가지고 있어야 여유가 생기고 좌우상하를 둘러볼 수 있다는 얘기이다. 그래서 치허극(致虛極)이다. 빔이 많아야 한다. 살아가는 지혜이다. 빔이 많기 위해서는 더 많은 실력이 있고 더 많은 수신과 수양이 필요하다. 그래야 올바른 선택이 된다. 일가를 다스리려거든 일국을 다스릴 수 있는 능력이 필요하고 일국을 다스리는 데는 세계를 평정할 수 있는 능력이 필요하다. 마치 군대에서 연대장이 되기 위해서는 군단급 이상의 전술 능력이 있어야 한다는 것이 이를 증명한다. 그래서 군단에서 연대를 평가하고 사단에서 대대를 평가한다. 현대인의 수신은 무엇인가? 자기를 닦는 가장 근본적인 것은 겸손이다. 옛 성인들의 말씀에도 가장 많이 등장하는 것이 겸손이고 효제이고 중용이고 그리고 인내이다. 4가지 덕목은 우리의 수양에 가장 필요하다. 겸손은 결국 내가 비어 있다는 것을 상대방에게 정확히 전달하는 것이다. "다언삭궁이요, 불여수중이고 다문삭궁이요, 불여수어중이다."라는 말이 있다. 쓸데없는 말로 자신을 자랑하는 것이야말로 자기 수양이 부족함을 여실히 나타낸다. 쓸데없는 말을 들어 수많은 고뇌를 만들 필요도 없다. 중용에 도에 어긋나는 것이다. 유약승강강이다. 강함은 오히려 약함으로 대해야 한다. 결국 수양의 길은 나를 더 비워 두는 것이다. 비워 두되 알고 비워 두는 것이다. 그리고 채움이란 유용하고 알차고 내실 있고 좀 더 차원 높은 사고로 머리를 채우되 늘 정화하여 새로운 것으로 업그레이드해야 한다. 그것은 수양이고 정신이며 수도이다. 도를 배운다는 것은 그만큼 어렵다. 모든 것은 도로 통한다. 도통한 사람이란 여러 가지의 길을 안다는 것이다. 지극히 비어 있어야만 그리고 지극히 여유로울 때만 득도의 경지에 오른다. 그러나 그 길은 막연한 길이 아니다. 질이 양질이어야 하고 수준이 고도이어야 한다. 피를 흘린 자만이 땀의 소중함을 알고 땀을 흘려 본 자만이 일의 어려움을 안다. 수양은 고도의 계를 요구한다. 그래서 5계가 있고 《논어》에도 3계가 있다. 3계는 계색, 계투, 계욕이다. 그런데 우리의 삶은 그와 정반대로 가는 경우가 많다. 그냥 잊어버리고 쉽게 포기한다. 너무 근시안적이고 쾌락적이고 충동적이다. 수양과 수신과 수도와는 거리가 멀다. 그리고 또 자신에게는 만족해한다. 저급한 인간이 가는 길이다. 위선과 교만과 자만의 연속이고 포기와 자가당착의 연속이다. 《대학》 8조목은 얘기한다. "격물치지 성의정심 수신제가 치국평천하" 알고 행하는 지행합일의 철학을 얘기한다. 수양은 그만큼 어렵고 힘든 과정이다. 그러나 수양과 수신과 수도는 인간의 성패에 직접적인 영향을 준다.

◇◇◇◇

과학과 힘

실사구시, 이용후생, 무실역행 그리고 현실적인 힘들….

파워풀한 사람은 보기에도 에너지가 넘쳐 보이지만 실제적으로도 상대방을 압도한다. 여러 가지 다양한 운동을 통하여 다져진 다부진 몸매를 유지한다. 정신을 선도하는 것이다. 그러나 파워리스한 사람은 그와는 정반대이다. 병약하고 항상 몸을 돌보지 않는다.

막사는 사람도 있다. 희망과 사랑이 없기 때문이란다. 희망의 대상도 이유도 그리고 사랑의 대상도 이유도 없다면 우리는 그냥 바람 부는 대로 살아가 버리는 사람이 된다.

그래서 우리는 인위적으로 희망을 품어야 한다. 사랑의 대상이 필요하다.

무위자연이라고 해서 가만히 있어도 모든 것을 해결해 주는 것은 아무것도 없다. 인위적으로 열심히 노력하고 작위적으로 무슨 일을 하고 자신을 아끼고 힘을 길러야 한다.

육체적인 힘은 기본이다. 오장육부가 자연스럽게 순리대로 운용되어야 한다. 그리고 날마다 새로운 힘을 축적하여 전력투구하지 않더라도 세상을 여유 있게 바라보는 힘이 바로 능력이다. 육체적인 힘과 건강에 정신적인 힘을 추가하는 것이 기술이다. 1인 1기가 필요하다.

그 기술은 대중적이어야 하고 인류에 이바지할 수 있어야 한다. 혼자만 하는 기술, 혼자만 즐기는 기술은 아무 쓸모가 없다. 무인도에서 혼자 기술을 발휘한다면 누가 알아주고 인정하겠는가? 개인도 이럴진대 가족도 마찬가지이다. 세계 역사상 가장 오래된 조직이 가족이란다. 가족은 개인의 역량을 발휘하도록 상호 북돋아 주고 사랑해 주는 관계이다. 최소한 가족의 조건은 사랑이다. 부부의 사랑과 부부와 자식 그리고 형제자매의 사랑이 필수적이다. 사회생활의 기반은 탄생과 함께 가족에게서 그 힘이 나온다. 부모에게서 나오고 형제에게서 나온다. 직장은 어떤가? 두 가지 부류가 있다. 일반 회사는 이익을 남기고 공직 사회는 국민에 대한 공복, 서비스 제공을 한다. 이때의 힘은 돈과 서비스의 능력이다. 지역 사회는 지방 자치 시대에 걸맞은 자치 활동을 한다. 지방의 특성을 살리고 특산물을 재배하고 관광 자원을 개발해서 지역민들에게 더욱 질 높은 삶을 제공할 수 있는 터전을 마련하는 것이다. 그것이 지역 사회의 힘이다. 그런데 국가의 힘은 어디서 나오는 것일까? 국가는 인류가 만든 조직 중에 가장 강력한 조직이다. 그리고 국가와 국가는 국제 사회의 구성원이지만 국제 사회의 조직은 국가만큼 강력하지 못하다. 그래서 국가와 국가는 냉정하다. 밀림에서, 동물의 세계에서 통용되는 법칙만이 적용된다. 바로 정글의 법칙이다. 국가의 조직은 우선 인문과 과학이 양분되는 틀을 가져야 하지만 보다 광범위한 인구는 과학도가 되어야 한다. 물질문명은 인류의 산물이다. 더 앞선 국가는 물질문명이 풍부하다. 고도의 과학과 정보 통신이 발달하여 시간과 공간을 단축한다. 먹어야 산다. 그리고 지켜야 산다. 지키는 것은 안보의 힘이다. 요즘 국가는 초정밀 무기와 고도로 과학화된 장비를 사용하여 국가를 지킨다. 미국을 위시한 몇몇 초강대국 나라는 핵무기를 보유하고 있다. 물론 인류 전체를 위해 NPT 체제를 만들어 무기를 통제하는데 몇몇 나라는 통제에 들어오지 않고 있다. 국가는 눈부신 물질문명을 통하여 국민을 보호해야 하는 것이 무엇보다도 중요하다. 정신문명이 물론 과학과 물질문명을 선도해야만 한다. 그러나 정신문명 그 자체로 만족할 수는 없는 것이다. 개인의 건강에 비유한다면 국가는 과학 기술에 의한 고도의 물질문명 발달이다. 국가의 행복은 국민과 직결된다. 구한말 시기에 우리는 힘이 없어 나라를 뺏긴 뼈아픈 과거가 있다. 그 후유증이 지금도 계속되고 있고 앞으로 얼마나 더 지속될지 모르겠다. 정신문명이 발달했던 과거의 조선은 과학 문명과 선진적인 군대가 없어 일본이 무혈입성하게 했다. 그래서 우리에게 필요한 것이 단단하고 거대한 힘이다. 힘만이 외부로부터 우리를 지킬 수 있는 것이다. 부국강병은 그래서 필요하다. 평화는 거저 얻어지는 것이 아니다. 지키려는 힘이 있을 때 평화는 온다. 과학과 물질문명 그리고 힘, 인류의 힘이다. 천지와 자연은 노력하는 사람과 국가에 복을 줄 것이다. 그것이 살아가는 것이며 살고 있는 것의 핵심이다. 요즘 우리 사회에 가장 문제가 되는 것이 부정부패이다. 정신이 앞서야 한다. 과학 정신이 필요하다. 인식이 실천을 앞서는 것과 동일한 것이다. 그래서 학연, 지연, 정실, 뇌물 등은 우리 사회의 악이다.

삼전도비

　서울 송파구 석촌동 삼전도비길에서는 '삼전도비'라는 것을 찾을 수 있다. 바로 조선 인조 1636년 병자호란 때, 청 태종에게 치욕을 당한 인조 임금의 항복과 청 태종의 공덕을 기리기 위해 세운 비석이다. 정확한 명칭은 대청황제공덕비이다. 비록 지금은 사람들이 잘 모르는 골목길, 어린이 놀이터처럼 보이는 장소에 초라하게 서 있지만 당시 청의 입장에서는 대단한 승전비고 지금 우리 민족의 입장에서는 치욕스러운 역사를 가르치고 있는 그런 비석이다. 그런데 이렇게 한적한 곳에 그냥 세워 놓아야만 하는지 가만히 생각해 본다. "역사는 아와 비아의 투쟁이다."라는 단재 신채호 선생의 말씀과 함께 국가의 흥망이 걸린 그 싸움에서 우리 민족의 역사는 무릎을 꿇은 역사로 기록되어 있다는 사실이 떠올랐다. 역사는 사실을 기록하는 것이지만 기록자의 사관에 의해서 역사는 일부 다르게 기록될 수 있다. 하지만 병자호란이 우리의 치욕임을 모르는 국민은 많이 없을 것이다. 후세 사람들은 당시 인조 임금의 정치적인 문제점으로 대륙의 명나라와 청나라의 교체기에 국리민복의 외교술이 다소 부족하지 않았나 하는 얘기를 많이 한다. 즉, 광해군과 비교해서 역사를 보는 눈이 그렇다는 것이다. 인조의 친명반청 정책이 전통적인 유교 국가에서 바른길이었는지는 논외로 하더라도 말이다. 우선 역사는 정치와 외교라는 실리적 잣대에서 평가되는 경우가 많다. 더군다나 병자호란 이후 군신의 예를 갖추라는 청의 요구가 있었으며 당시 소현 세자와 봉림 대군이 볼모로 붙잡혀 가기도 했고 우리나라 여인도 많이 붙잡혀 갔다. 일제 강점기의 정신대와 비슷한 대규모의 공녀 차출은 그들이 청나라에서 귀국했을 때의 예우 문제로 또다시 시끄러웠다. 즉, 당시의 사대부들은 중국으로 끌려갔던 며느리와 딸들을 받아들이지 못했다. 유교 이념을 신봉하던 당시의 의식으로는 청나라에 끌려가서 모진 경험을 하고 돌아온 여인네들을 정상적으로 집안에 들여놓을 수 없었던 것이다. 그래서 하는 수 없이 인조는 당시 각 도의 유명한 강을 회절강으로 명명하고 수천 명의 여인에게 회절강에서 몸을 씻고 각자 고향으로 돌아가면 정상적으로 생활할 수 있다는 특별 교지를 내린다. 이리하여 정말 꿈에 그리던 고향에는 돌아갔지만 수많은 어려움으로 세상을 살아간 여인이 많았다. 그들이 곧 화냥년이다. 오늘날 나쁜 여자를 말할 때 쓰는 바로 그 화냥년이다. 그뿐인가? 당시 인조 임금이 남한산성에서 40여 일을 버티다 도저히 버틸 수 없는 지경에 이르자, 화친파인 최명길이 임금의 명에 따라 항복 문서를 작성했다. 그러자 대신 중 척화파로 유명했던 김상언은 그 자리에서 항복 문서를 찢어 버리면서 종묘사직을 걱정하며 통곡하였다. 그때 최명길이 찢긴 항복 문서를 다시 주워 붙이면서 찢는 사람도 있고 붙이는 사람도 있어야 한다고 했다는 일화가 있다. 풍전등화 같은 나라의 운명 앞에서 손도 써 보지 못하고 항복할 수밖에 없었던 치욕적인 역사에서 우리는 무엇을 배워야 할까? 바로 부국강병이다. 《목민심서》에 "병가백년불용 불가일일무비"라고 했다. 그만큼 국가 안보의 중요성은 말로 다 표현할 수 없다는 것이다. 일제 강점기도 마찬가지이다. 일제 강점기는 병자호란 후 200여 년이 지나긴 했지만 당시 19세기 국제 정세를 바로 알고 최선을 다해 준비했더라면 일제 강점기라는 역사적 비극은 맞지 않았을 것이다. 한편 삼전도비는 당시 한강 나루터 삼전도 지역에 세워 두었는데 1895년 청일 전쟁 이후 청나라의 주도권이 없어지자 고종 임금이 한강에 빠뜨려 버렸다. 그리고 1913년에 일제가 우리나라의 수치심을 불러일으키기 위하여 다시 건져 세웠다가 해방 후 1945년에 일부 주민이 땅속에 묻어 버렸는데 1963년 홍수가 나면서 다시 발견되었다고 한다. 그 후 발견된 장소에 세워 두었다가 1983년에 송파대로가 확장되면서 현 장소인 석촌동 골목길에 다시 세웠다는 기록이 있다. 민족과 국가에게는 흥망성쇠가 있게 마련이다. 치욕스러운 역사도 역사의 한 페이지라고 생각한다면 현재와 미래의 후손들에게 치욕스러운 역사도 바르게 교육하여 잘못된 역사가 반복되지 않도록 하는 의식의 전환이 필요하다고 본다. 그런 면에서 지금의 삼전도비는 현 장소가 아니고 다른 곳, 즉 많은 사람이 보는 곳에 세워져 우리 역사가 다시는 그러한 오류의 역사, 자기 배반의 역사가 반복되지 않도록 하는 교육 자료로 활용된다면 어떨까 싶다. 사실 나는 삼전도비를 보면서 우리 역사를 다시 한번 생각하게 되었고 후세에는 한반도가 아닌 저 북방의 우리 땅을 되찾는 대륙성과 저 멀리 태평양과 대서양을 바라보며 웅비하는 해양성을 찾아야겠다고 생각해 보았다. 비상 대비는 그래서 중요한 것이다.

글을 쓴다는 것

글을 왜 쓸까? 글은 감정의 표현이다. 그리고 자기 마음의 대변이다. 좋은 글은 전력투구한 내용이다. 허상이 아니고 실상이다. 자기의 이미지와 분위기에 맞는 글이 타인에게도 맞는다는 보장은 없다. 그냥 자기의 생각을 써 놓으면 상대방은 그것을 보고 판단하는 것이다. 그 이상도 이하도 아니다. 사물에 대한 자기의 판단 그리고 인간과 인간, 사회와 현상들을 개인적으로 생각하고 판단한 결과일 것이다. 수필 형식의 글이 어쩌면 가장 인간다운 글이다. 그러나 수필은 단조롭고 깊이는 없다. 어떤 사태나 현상에 대하여 논하는 것도 단견이면서 어떤 감흥을 깊이 주기는 미약하다. 논리의 싸움이 아니고 순수한 자기 마음의 표현일 때 어쩌면 사람들이 공감해 줄지도 모른다. 그런데 우리는 소설이나 수필을 쓸 때 남의 마음을 어떻게 헤아릴까? 소설은 주인공의 이미지나 등장인물, 주제를 통하여 감흥을 주기 위해 쓴다. 그러나 수필은 붓 가는 대로 생각을 정리한다는 측면에서 자연스러운 표현이 많고 스스로 달래기 위해 쓰는 경우가 많다. 자기 생각을 적어 두면 그것이 누적되어 새로운 인식이 창조된다. 또한, 논리와 설득을 하는 글이 있다. 대중성이 있는 글이다. 그러한 글은 감동을 주지 못한다. 단지 사물과 사건에 대한 인식일 뿐…. 우리는 어떤 글을 써야 좋을까? 자신을 완성한다는 측면에서는 일상 잡사에서 파생되는 작은 생각을 정리하고 느끼면서 또한 새로움을 창조하는 것이 첫 번째요, 다음은 어떤 논리를 주장하거나 설득하는 대중성을 중요시하는 것이라고 본다. 이 두 형식의 글은 누구나 쓸 수 있다. 즉, 아마추어들의 글일 수 있다. 그러나 소설이나 문학적인 시 등은 프로들의 산물이다. 물론 신문의 사설처럼 너무도 논리적인 글을 수많은 사람에게 어필하기 위해서는 전문가가 필요하기는 하다. 어찌 되었든 우리는 누구나 글을 쓸 수 있다. 일기를 쓰는 것도, 수필을 쓰는 것도, 어떤 현상에 대하여 논리를 펴는 것도 모두가 글이다. 사상과 생각의 부산물이다. 변화하는 세계에 빨리 적응하기 위해서는 우리에게는 다양한 사람의 생각을 대변하는 글이 필요하다. 그리고 자신이 변해야 한다. 자신이 변할 수 있는 모든 현상에 대해 우리는 대비하고 생각을 정리하고 또한 타인과 의견을 교환해야 한다. 제행무상이다. 모든 것은 수시로 변하되 발전적으로 그리고 점진적인 변화가 필요하다. 어제의 우리가 결코 오늘의 우리가 될 수 없듯이 우리의 생각과 행동도 달라져야 한다. 그것이 바로 최근의 글이며 최근의 세계이다. 되도록 수필을 많이 써 보자. 전문가가 아니라도 좋다. 좋은 글은 일상에서 나오는 자연스러운 글이다. 우리는 모두 문학인이 될 수 있다.

아침과 음악

런던 심포니가 연주하는 랠프 본 윌리엄스의 〈푸른 옷소매 환상곡〉과 림스키코르사코프의 〈젊은 왕자와 공주〉, 토마소 알바노니의 〈아다지오〉 등을 들으며 토요일 아침을 열었다. 5월을 얼마 남겨 두지 않은 환상적인 아침이다. 인류는 아침에 모든 것이 시작되었다. 여명을 밝히는 차가운 아침 공기와 풀잎의 영롱한 이슬과 함께 새 아침이 시작된 것이다. 아침은 하루의 희망이고 새로운 시작이다. 어제와 오늘이 다르듯이 내일은 또 내일의 태양이 뜬다. 인류의 역사는 동서양을 막론하고 인간이 전력투구한 역사가 되도록 많이 살아 있다. 평범한 역사는 평범함 속에서 사라져 버리고 아무런 반추를 하지 못한다. 그러나 비범함이란 결국 평범함 속에 있는 것이라는데….

사람의 특성과 개성, 현존 능력과 잠재력에 따라 평범한 삶이 제삼자에게는 비범한 생활로 그리고 충격으로 받아들여지고 있다. 예를 들어 초능력은 초능력을 실행하는 사람에게는 비상한 일이 아니다. 단지 객관적인 입장에서만 초능력이 되는 것이기 때문이다. 이 아침을 열면서 우리가 하는 모든 일에 자신감을 가지고 지속하자. 그러나 정말 중요한 것은 과욕은 금물이다. 성인들의 말씀 중에 우리에게 항상 와닿는 메시지는 겸손이다. 그리고 인내이며 중화이다. 효제는 말할 것도 없다. 지지(知止)면 가이불태(可而不殆)이다. 무욕이면 관기묘요, 유욕이면 관기교다. 지나친 우리의 욕심만 절제된다면 인간은 분명히 세상에서 빛을 발할 수 있다. 왜냐하면 사람은 누구나 한 가지의 장점과 특징이 있기 때문이다. 지난 1968년에 제정된 〈국민 교육 헌장〉에 "타고난 저마다의 소질을 계발하고…"라는 말이 있다. 물론 지금은 퇴색되어 버린 헌장이지만 초등학교 시절 그 대목을 외우면서 우리의 소질이 무엇인가를 다시 한번 생각해 보는 기회도 있었다. 나와 우리의 현실에 맞는 그 특성과 소질을 찾아 이 아침에 다시 한번 기상을 발휘해 보자. 역사는 분명히 기억해 줄 것이다. 노력하고 의미 있게 살아가는 사람을 역사가 기록해 주지 않을 이유는 없을 것이다. 역사를 통해 그 사람의 진면목을 알 수 있다. 바로 역사의 인물인 것이다. 《손자병법》은 공을 이루거나 성공을 하거나 승리를 한 뒤에는 이른바 "무지명하고 무용공하라."라고 하여 극도의 절제와 겸손을 강조하였다. 이것은 인간의 처세요, 살아가는 지혜라고 한다. 그 이유인즉 바로 역사가 기록하기 때문이다. 훌륭한 사람은 부지불식간에 기록되고 사람들이 알아주고 있다. 단지 "保生者寡欲 保身者避名"이라는 《명심보감》의 진리를 항상 수지하면서 살아가는 것이 중요하다. 노자가 말한 "생이불유 위이불시"도 같은 말이고 "성공이불거 시이불거"도 같은 맥락의 말이다. 성공한 사람은 그 자리에 머무르지 않는다. 이것은 영원히 사라지지 않는 진실이다. 역시 인간은 숭고한 감성과 이성의 동물임이 틀림없다. 자신에 의한 세상의 좌지우지는 이론적으로 가능할지 몰라도 분명 무지의 발상이요, 무명의 시작이리라. 수많은 고전을 대하면서 날마다 놀람과 환희 속에서 살아가는 사람이 많다. 접해 보지 않으면 모르고 공부하지 않으면 느낄 수 없는 여러 진리가 있다. 아침을 열면서 꼭 다짐하는 것이 있다. 마음속의 주문을 외우면서 하루의 일과를 명상으로 시작해 보자. 아침을 맞기 위해 저녁을 맞는다. 열광하는 태양 광선에 우리 인간은 지극한 정성으로 투영되어야 한다. 그것은 인간의 도리이며 숙명이다. 냉정한 머리와 따뜻한 가슴을 가진 우리 위대한 인간, 그러나 배우는 것은 항상 자연이다. 천지의 운행에서 우리는 수많은 진리를 배운다. "중용의 대지여, 하해이불설이묘 재화엄이부중이로다. 중위경근이요, 정위조근이라. 성인종일행이어도 불리치중이라." 노자의 유명한 명언이다. 이 새로운 아침, 겸손하고 더더욱 인간적인 시각으로 세상을 바라보면서 하루를 시작한다. 역시 음악은 인간만이 만들고 들을 수 있는 고급 취미이다. 특히 아침에는 아침 햇살과 어울리는 아다지오의 바이올린 선율이 우리의 심금을 울린다.

불교에 대한 생각

일미진중함시방(一微塵中含十方)은 불교에서 말하는 우주관이 함축된 말이다. 티끌이 곧 우주라는 뜻이다.

삼라만상은 모두 그 나름의 생명력으로 이 광대한 우주를 대변할 수 있다는 정말 대단한 말이다. 그러니 우리 인간은 그중에서도 가장 위대한 동물임을 다시 한번 깨달을 수 있다는 것이다.

색즉시공, 5온이 다 공이라고 했다. 결국 공으로 귀착된다는 의미이다. 다시 말하면 지나친 욕망을 절제하라는 것이다. 공으로는 살 수가 없다. 그러나 완전히 채운 삶이 중요한 것이 아니라는 역설적인 얘기가 되는 것이다. 부정을 또 부정하는 것은 긍정이 된다. 하지만 불교의 어려운 점은 공 그 자체도 때로는 부정하는 것이다. 현대 물리학에서 색즉시공이 증명된다고 한다. 그만큼 불교는 과학적이라는 것이다. 과학은 종교와 어떻게 다른가? 종교는 비과학적일 수 있지만 과학은 종교적 신념은 있을지 몰라도 종교적 영역과는 다르다. 그래서 불교라는 종교는 과학과 아주 근접한 종교이며 그 자체의 어떤 사실관계까지 증명할 수 있는, 현대적인 의미에서 아주 공감이 쉽게 가는 종교이다. 그런데 왜 우리나라는 아직도 불교에 대한 인식이 좋지 않을까? 우리나라는 불교를 너무 전통적이면서도 주술적인 종교이며 현대와는 좀 동떨어진 것으로 이해하고 있다. 그것은 불교에 대한 이해가 부족하고 홍보가 부족하고 교육이 부족했기 때문일 것이다. 그리고 누구나 부처가 될 수 있다는 측면에서 현대적 의미의 종교로 받아들이는 것이 서양의 기독교와는 커다란 차이가 있었을 것이다. 그 외에도 불교는 부정적 이미지를 갖고 있었고 유교라는 조선의 사상에 가려져 더 이상 성장하지 못했던 역사가 있다. 종교는 신이 필요하다. 통상 우리의

견해로는 신이 없는 종교는 상상하기 힘들다. 엄격히 말하면 유교나 불교는 신이 없다. 오로지 현대적 의미로 기독교만이 하나님과 예수님이라는 신을 가지고 있을 뿐이다. 그래서 지극히 종교적이다. 종교는 모든 과학과 사실과 현실을 초월할 수 있기 때문이다. 불교의 핵심은 반야사상이다. 지혜의 종교라고 한다. 우리 인간에게 필요한 것은 지혜이다. 지식과 경험과 사상이 통합되어 지혜를 생성한다. 《반야심경》은 지혜의 보고이다. 지혜를 설명해 놓은 불교의 경전으로 핵심적인 사상과 교리를 262자로 요약해 놨다. 그 중심은 심이라고 한다. 불교의 중심이면서 핵심이다. 또한 반야의 대표적 경전으로 우리는 《금강경》을 꼽는다. 《금강경》은 지혜의 완성이며 깨달음의 보고이다. 《금강경》에서는 우리가 누구인가를 각성하게 하는 구절이 많이 있다. 아상, 인상도 없다. 우리라는 것이 없다는 것이다. 그렇다면 무엇이 있는가? 집착할 대상도 없는데 무엇을 집착하는가? '응무소주 이생기심(應無所主 而生其心)'이다. 그 외에도 4성제 8정도 6바라밀은 반드시 이해하고 넘어가야 한다. 불교의 여러 진수가 스며들어 있다. 《천수경》은 불교인의 핵심 경전이다. 생활 불교 측면에서도 모든 불교의 정수가 생생하게 묘사되어 있다. 아마 불교 신자들이 가장 많이 수지 독송하는 경전은 《천수경》일 것이다. 그만큼 중요한 불교 사상이 있다. 그리고 그 경의 진수는 진언(다라니)일 것이다. 의미 없는 진언이 우리 생활과 사고와 모든 업장을 소멸한다는 측면에서 매우 중요한 암기 사항이라고 한다. 그 외에도 무명을 벗어 버리고 광명을 비춰야 한다는 불교의 교리들, 참회를 통한 업장의 소멸, '죄무자성 종심기'라고 하는 마음의 중요성, 정말 종교를 떠나서도 한없는 지혜의 보고가 불교 경전에는 매우 많은 것 같다. 그 경이 자그마치 8만 4천 경이라고 하니 가히 엄두도 내지 못할 경전이다. 불교에 대한 생각만큼이나 우리 인생도 쉽지 않은 과정이다. 그래서 수양과 수행이 필요하다.

매년 5월이 오면

　매년 어김없이 5월이 온다. 각종 서적이나 잡지에는 신록 예찬이 자자하고 청소년들의 옷차림은 여름으로 바뀐다. 울긋불긋 향기로운 꽃들은 만산에 피어나고 모든 나무는 짙은 녹색의 옷을 껴입는다. 여름을 준비하면서 또 다른 생명을 잉태하기도 하고 인간들에게 너무도 많은 지혜를 준다. 5월의 자연, 짙어 가는 푸름 말고는 5월의 자연을 노래할 수 없다. 신록보다 더 좋은 꽃과 나무는 없다. 나무의 생명은 생물 중에서도 가장 길다. 그러나 나무는 자기를 뽐내지도 과시하지도 남을 무시하지도 않는다. 그냥 묵묵히 타인을 도와주는 것이다. 무주상보시이다. 그것은 천년의 지혜로 다가오는 것이다. 꽃들은 또 하염없이 피어나기만 한다. 붉은 철쭉의 자태는 아름다운 처녀보다 더 예쁘고 만삭인 진달래는 지금도 수줍어한다. 태양은 또 얼마나 눈이 부신가? 창공을 하얀 공기로 수놓고 가끔 파란색으로 팔레트를 물들인다. 여름으로 가는 길목, 성하는 그렇게 시작한다. 그래서 5월은 또 어김없이 찾아왔나 보다. 5월에는 역사가 있다. 인간에게 4~6월 사이는 천혜의 자연인 관계로 수많은 역사가 점철되어 있다. 역사는 아와 비아의 투쟁이라고 했다. 아의 욕심과 비아의 욕심이 상충하는 것이다. 아를 포기하면 비아가 승리하고 비아의 포기를 강요한다면 아의 승리로 귀결된다. 그런데 아의 승리가 비아의 생존에 영향을 줄 때는 승리했으나 상처뿐인 승리이고 비아의 승리가 아의 생존에 영향을 줄 때는 두고두고 원수로 자리매김한다. 복수의 칼을 가는 것이다. 그래서 요즘은 윈윈 게임을 부르짖는다. 서로 양보하여 서로 승리하는 것이다. 5월은 인간에게 가장 최적의 생활 환경을 준다. 오곡백과는 이때부터 본격적으로 무르익기 시작한다. 그래서 사람들은 하루 종일 바쁘다.

모든 사회 조직도 5월에는 행사가 많다. 왜냐하면 5월 앞에는 형용사가 많이 붙는다. 신록의 계절, 계절의 여왕, 바이올린의 계절, 청춘의 계절, 가정의 달, 효도의 달 등. 초등학교 때는 5월에 운동회를 많이 했다. "5월은 푸르구나, 우리들은 자란다." 농부들에게는 가장 바쁘면서도 가장 힘든 계절이기도 했다. 그놈의 보릿고개 때문이다. 그리고 농사일이 겹치기 때문이다. 무엇을 해야 하는 시기가 5월이라는 생각도 들 수 없을 만큼 자연도 바쁘게 인간도 바쁘게만 움직였던 계절이다.

그래서 부지불식간에 5월은 오고 또 갔다. 산업 사회와 정보화 사회가 도래하면서 5월이 주는 의미도 많이 변하고 자연에 대한 감사와 찬사가 많아지기도 했지만 아직도 수많은 사람은 농부로만 그리고 일꾼으로만 존재한다. 최첨단이 정보화 사회라면 아직도 원시적인 생활에 근접한 사람도 있다. 환경을 스스로 만들기도 하고 한편으로는 환경에 아직 적응하지 못하는 사람도 있다. 그래서 인간은 천태만상이다. 우리 우주 자체가 삼라만상이요, 천태만상이다. 다시 온 5월의 조화로움이 새삼 느껴진다. 우리 인간은 자연의 그것처럼 조화를 이루고 산다. 조화는 어쩌면 우주의 질서이며 행복의 조건이기도 하다. 높은 산과 낮은 구름이 펼쳐져 있는 것도 조화요, 신구가 교차하는 것도 조화요, 남녀가 분별하는 것도 조화이다. 음양의 세계라고 하는 것도 어쩌면 조화를 일컫는 말이다. 인간과 인간의 조화, 인간에게는 획일이 있을 수 없다. 그것이 자연의 이치이며 자연이 주는 교훈이기도 할 것이다. 심적인 차이, 물질적인 차이, 생각하는 차이, 노력하는 차이, 천부적인 차이, 후천적인 기질…. 그래서 인간은 자연과 더불어 적당히 살아가는 아주 귀중한 존재라고나 할까? 5월은 그런 면에서 우리에게는 아주 의미 있는 계절이다.

사고와 행동

신록이 우거지는 계절이다. 여기저기 싱그러운 녹색의 향연을 보고 있노라면 기분이 좋아지고 삶의 의욕이 생기기도 한다. 지난 20여 년의 군 생활이 이제 나의 기억에서 서서히 퇴색되고 있다. 젊은 날 도전과 꿈의 그곳이었다. 힘들어도 마냥 나의 길로 생각하면서 또 나를 채찍질하고는 했었다. 살아가면서 또 여러 가지 생각이 든다. 생각은 바로 지식과 경험의 산물이고 독서와 사색의 결과이다. 생각은 어떤 사안에 대한 심사숙고를 통한 판단력의 전부이다. 개인에게 있어서 창의적이고 생산적인 생각, 즉 사고야말로 우리 자신이 지금까지 쌓아 올린 전부인 것이다. 생각과 사고는 즉흥적인 것도 있을 수 있고 전략적인 것도 있을 수 있다. 즉흥적인 생각과 사고는 어떠한 사건의 과정에 있어 통찰력을 통한 예지의 힘이라고 할까? 즉흥적인 것이 우리에게는 순발력으로 발동하기도 한다. 그러나 통상 우리는 더 멀리 보고 더 높이 날고 싶은 것이 인지상정이다. 또한 담대한 포용력으로 세상을 보는 폭을 넓히고 더욱 차원 높은 세계를 지향하는 것이 필요하기도 하다. 개인에게 있어서 창의력이란 무한정하다. 개인의 머리는 곧 우주라고 한다. 작은 우주인 것이다. 물론 소프트웨어인 몸도 우주의 기를 받은 것은 분명하다. 몸을 구성하는 모든 신체는 매우 정교하면서 불가사의하기 때문이다. 인간의 힘으로는 도저히 상상할 수 없는 것이 인간이다. 그래서 종교가 있고 신앙이 있고 철학이 있는 것이다. 위대한 인간의 모습으로 세상에 태어난 우리에게 필요한 것은 인간다운 사고와 행동으로 사회에 기여하는 것이다. 조직에서의 행동과 사고는 곧 규율이 된다. 개인은 어디까지나 조직의 일원일 수밖에 없다. 그중에서도 가족은 우리 인간에게 가장 중요한 조직이다. 가정의 파괴가 사회의 해체로 이어질 수 있다는 것은 그만큼 가정의 중요성을 얘기한 것이다. 물론 직장, 사회, 국가, 조직도 그 존재 목적에 따라서 위대한 역할을 다하고 있을 것이다. 궁극적으로 개인은 조직에 기여하기 위한 창의와 협력으로 살아가는 가치관을 지녀야 한다. 위대한 인간의 행위는 위대한 사고의 산물이다. 저급한 동물의 행위는 즉흥적이고 돌발적이며 생리적인 사고이다. 우리는 지금 이 시간에도 수많은 의무를 요구받고 있다. 인간의 위대한 행위들은 타인을 위한 적극적인 의식 작용이며 그 배후에는 생각과 사고라는 우리 개개인의 내면에 숨어 있는 위대한 의식 작용이 있다. 전형적인 투입과 산출이다. 투입은 좋은데 산출이 없는 경우는 비효율이다. 이때는 피드백을 통해 투입물의 문제점을 분석해야 한다. 그리고 투입과 산출의 중간 단계인 혼합이나 작용 단계에 문제점은 없는지 깊게 살펴야 한다. 예를 들어 서울에 가는 방법을 공부했는데 서울에 가지 않는다면 그것은 분명 쓸데없는 공부가 되고 만다. 사변적이고 형이상학적인 탁상공론이 되기 쉬운 이유가 바로 이것이다. 그래서 개인의 사고와 행동은 불가분의 관계에 있는 것인 만큼 자신을 깊이 통찰해 보아야 한다. 역시 깊은 사색이 요구되고 다양한 독서와 공부, 예술 감각, 종교적 체험 등이 사고 속에 이미 형성되어 있어야 한다. 그러나 목적의식이 중요하다는 것은 우리가 누구인가를 측정하고 판단하는 지름길이 될 수 있다. 아무런 생각 없이 독서를 한다고 생각해 보자. 그리고 공부한다고 생각해 보자. 체험하지 않은, 행동하지 않은 지식이야말로 우리 인간을 피곤하게 하고 미성숙하게 할 것이다. 지식은 결국 지혜를 통해 실생활로 표현되고 행동으로 나타난다. 따라서 우리는 필요한 것을 공부하고 필요한 것을 목표로 삼아야 하며 필요하고 요구되는 실천으로 인류 사회에 기여하도록 해야 할 것이다. 우리 인간에게는 개인의 천부적인 특성이 있고 그 특성이나 개성을 발휘할 수 있는 힘이 필요하고 그와 더불어 사회에 민주 시민으로서 행해야 하는 교양, 즉 자질 함양을 위한 사고와 행동이 필요하다. 그런 측면에서 개인이나 사회나 국가나 비전과 희망은 필수적인 것이다. 우리는 누구인가? 왜 사는가? 날마다 질문하며 우리 자신의 본모습을 알도록 전력투구해야 하는 것이다.

과욕과 탐착

　신록이 주는 교훈이 뭘까? 신록은 그냥 우리에게 파란 새싹과 희망을 주는 그런 황홀한 것인가? 신록을 떠나 우리가 자연에서 배워야 할 것은 바로 무욕이다. 무욕은 진리의 길이며 과욕은 보생의 길이다. 거대한 산이 있을 때, 커다란 나무가 있을 때 그들의 욕심과 탐착은 무엇일까? 다른 산을 빼앗는 것일까? 아니면 다른 나무를 해치는 것일까? 아니면 다른 천지 만물에 감정을 주는 것일까?

　인간의 행위는 그러면서도 순간순간이 욕심과 탐착의 연속이다. 그리고 감정과 이성이 순간순간 돌변하는 그런 상황에 항상 도달한다. 탐착의 세계에 도달하는 것이다. 그런 상황이 우리에게 주는 의미는 후회뿐이다. 절단해 버리는 과감한 용기가 필요하다. 그 탐착의 결과가 주는 행복의 감소를 생각해야 한다. 인과의 반대편에는 분명 고통을 주는 결과가 된다. 가령 우리가 어떤 것을(물질이든 정신이든) 가졌을 때 누군가는 그것을 가지지 못하는 결과를 얻게 된다는 것이다. 이것이 지나쳤을 때 우리는 그것을 탐착이라고 얘기한다. 물과 공기는 우리 인간에게 필수적이므로 물을 욕심내는 것과 공기를 욕심내는 것을 우리는 탐착이라고 하지 않는다. 필수적인 삶의 연속을 위해 필요 불가결한 것을 얻어 내는 일을 우리는 탐착이라고 하지 않는다. 과욕(過慾)이 아닌 평범한 욕심을 우리는 집착이라고 하지 않는다. 그것은 자연스러운 삶이요, 객관적인 행복의 조건이다. 사회생활에는 장단고저가 있다. 인간은 본시 존재 조건이 같을 수는 없다. 수평적이지만 다양한 삶의 조화를 위해서는 규모가 클 수도 있고 아주 작을 수도 있다. 예를 들어 태산이 있는가 하면 아주 작은 구릉이 있다. 거목이 있는가 하면 아주 작은 나무와 꽃이 있고 풀잎도 있다. 인간이란 측면에서도 모든 것이 동일할 수는 없다. 단지 그 상태에서 우리가 과욕과 탐착을 생각해 보자는 것이다. 지극히 이성적이고 지극히 지혜로운 인간이 가장 이상적인 우리의 상이다. 그렇게 되도록 노력해야 하고 그래서 늘 공부하고 또 지각해야 한다. 청소년기에는 도덕관념을 집중적으로 배우고 성년기에는 인간의 삶을 영위하면서 자기 능력을 발휘한다. 거목형 인간이 있고 태산형 집안이 있다. 그러나 생장소멸은 동일하다. 그리고 반복도 된다면 그저 자연 기운과 동일한 선상에 있을 것이다. 타인을 도와주고 봉사하고 능력을 발휘하게 하고 힘과 용기를 주고 살아가는 지혜를 서로 간에 교환하고 그렇게 살아가는 것이 적극적인 인간상이다. 개인적인 욕심과 쾌락과 과욕과 지나침은 언제고 어느 때고 삼가야 할 우리의 자세이다. 자연의 품에서 그들이 행해 가는 과정을 알고 자연에서 그리고 지금 이 신록이 무르익은 넉넉한 계절에서 우리 인간의 위대함을 발휘하는 지혜를 깨달아야 한다. 그래서 산으로 바다로 천지자연을 찾아서 발 빠르게 떠나 봐야 하고 이름 모를 산이나 작은 꽃 속에서도 무언가 지혜를 발견하는 혜안을 지녀야 한다. 자연에서 있으면 있을수록 느낌이 남다르지만 인간 세계는 행함이 주요하다. 도상무위 이무불위이다. 타인을 위한 풍성한 삶이야말로 인간이 가지는 가장 위대한 것이다. 얼마나 도움을 주고 얼마나 사랑할 수 있고 얼마나 사회 발전을 할 수 있느냐의 문제만큼 개인에게 중요한 것은 없다. 그래서 늘 생각하고 늘 기도하고 늘 수행하는 자세로 세상을 관조하면서 살아가야 한다. 젊음은 젊음대로 늙음은 늙음대로 말이다. 글로 표현하는 방법도 의미가 있는 일이다. 인간은 역사를 통해서 말한다. 그리고 역사는 글을 통해, 책을 통해 내려져 온다. 그래서 우리는 지혜를 남기고 지식을 남기고 더 윤택하고 자연스러운 인간을 잉태해야 한다.

식민지와 해방

　일본은 우리에게 어떤 나라인가? 지금까지 극일은 많이 강조했지만 지일은 그다지 강조하지 않은 것이 우리의 교육이었다. 나는 어렸을 때부터 일본에 대한 감정이 좋지 않았다. 우리 할아버지와 아버지께서 당했던 일을 생각하면 어쩔 수 없는 것이다. 세월이 약이 되어 언제까지 극일과 지일 문제로 고민하게 될지는 모르겠지만 말이다. 하지만 21세기에 사는 우리는 지일이 곧 극일이요, 극일이 곧 지일이라는 것을 깨달아야 한다고 본다. 왜 우리 선조들은 일제에 나라를 송두리째 빼앗기었는가? 왜 맨주먹으로 수많은 고초를 겪으면서 독립운동을 감행했어야만 했는가? 사전에 이를 알고 대비하고 준비하고 실행했더라면 하는 아쉬움이 들기도 한다. 학교에서는 성씨가 개명되어 우리글보다 일본 글을 배웠다. 모든 문물이 신식이라는 명분으로 일본의 치밀한 식민 사관이 주입되었고 교육되었다. 일본의 황국 신민화에 동조하는 사람도 부지기수로 늘어나기 시작했으며 언제 식어 버릴지 모를 막연한 독립운동은 한계에 부딪히고 있었다. 펜으로만, 감정으로만 해방이 되지는 않는다. 기도라는 것은 정신과 육체가 하나가 될 때 성취된다고 하지만 기도도 어느 정도 한계에 도달할 수밖에 없는 것이 힘이 없기 때문이다. 무실역행을 강조하는 기초적인 작업에 열중한 선각자가 나타나기 시작했지만 정말 그 꿈을 이루기란 요원한 것이었다. 반만년 역사와 전통을 간직하면서 중국에도 수많은 조공을 하며 견디어 왔건만 완전히 식민지가 되어 버린 조국의 현실에 국민은 체념했을 것이다. 우리 선조들이 그동안 간직해 왔던 수많은 문화재는 일본의 손에 넘어갔고 수많은 국보급 보물이 없어졌으며 민족의 자존심은 송두리째 무너져 버렸다. 그러나 그 와중에도 우리에게 희망을 주는 것이 있었으니 바로 우리의 독립운동과 더불어 일본과 미국의 전쟁이었다. 일본이 승리하면 식민 지배 체제는 더욱 공고해지는 것이며 미국이 승리하면 일본의 위세가 급격히 저하되어 우리의 민족혼을 되찾을 수 있지 않을까 하는 희망이 있었다. 그리고 미국은 일본에 의하여 기습을 받았지만 원폭 투하로 일본의 항복을 유도했고 결국 우리나라는 식민 역사의 종지부를 찍을 수 있게 된 것이다.

　이것이 광복이요, 이것이 일제 치하에서 벗어나게 된 이야기다. 물론 우리 힘으로 독립하고자 무던히 애를 썼지만, 너무도 벅찬 상황이었다. 사회와 경제 각 분야에서 일본의 침투가 계속되었고 일본화의 이행이 가속화되던 시기였기 때문에 36년간의 일제 강점기에 종지부를 찍었다는 것은 정말 기적 같은 일이었다. 핵으로 해결된 한반도 식민지 문제, 그런데 역사의 아이러니는 정말 존재하나 보다. 최근 북한이 핵 문제로 미국과 극심한 대립을 하는 것을 보면 핵으로 구해 준 민족, 핵으로 보답한다는 우스갯소리가 들릴 만도 하다. 과연 역사란 무엇인가? 아이러니인가? 아니면 정도인가? 그리고 우리가 지금 배워야 할 큰 교훈은 무엇인가? 남북문제와 한미 관계, 동북아 질서의 재편, 미군 배치 조정 등이 너무나 중요한 사안인 만큼 우리 모두의 지혜와 용기가 필요한 때이다. 어쩌면 우리 역사에 가장 중요한 시기인지도 모른다.

초지일관의 정신

　세상에서 변하지 않는 것은 만물이 변한다는 사실뿐이라고 한다. 삼라만상이 변한다. 따라서 인간의 정신도 매일 변하고 있다. 누가 먼저라 할 것 없이 새로운 것, 새로운 사태들이 개인적으로 사회적으로 매일 벌어지고 있다. 현명한 지혜가 동반되지 않으면 하루하루가 고통이요, 고난이 된다. 오늘의 할 일을 내일로 미루면 일에 대한 고통이 수반되고 오늘의 감정을 조절하지 못하면 내일에 대한 안전을 기약하지 못한다. 그렇다고 늘 불안과 초조 속에서 생활할 수는 없는 노릇이다. 최대한 중용의 도가 서야 한다. "유약승강장이다, 곡신불사다, 보생자 과욕이다, 생이불유다." 수많은 지혜의 말이 있다. 수천 년 전의 선현들은 그렇게 후세의 우리에게 많은 것을 가르치고 있다. 공자님도 "술이부작"이라고 했다. 선현들의 말을 써 내려갔지 창작한 것은 아무것도 없다는 얘기이다. 세상의 이치는 너무도 간단하다. 너무도 자명하다. 비례물시(非禮勿視), 비례물청(非禮勿聽), 비례물언(非禮勿言), 비례물동(非禮勿動)이다. 때로는 무관심도 필요하고 때로는 맘에 없는 칭찬도 필요하다. 위선적이라고 하지만 오히려 진리와 도에 가까운 것이다. 모든 것은 자기에게 달려 있다는 일체유심조와 일맥상통하는 말이다. 타인에게 시비를 걸 바에는 오히려 작은 일이라도 칭찬하는 것이 백배 천배 낫다는 얘기다. 인생에는 장단과 고저가 있다. 장단이란 기간을 얘기하고 고저라는 것은 삶의 질을 얘기한다. 무거운 짐을 멀리 오랫동안 지고 갈 수는 없는 것이다. 상황에 따른 경중 완급이 그래서 필요하다. 변하고 있는 세상에서 가장 지혜로운 처사는 무엇인가? 변화를 주도하는 마인드를 가져야 한다. 뒤따라간다면 늘 피곤하고 그래서 늘 부정적인 생각을 갖지 않을 수 없다. 인간은 모름지기 상대방을 상대하는 인격적 동물이다. 그래서 늘 교양이 필요하고 지식이 필요하고 지혜가 필요한 것이다. 특히 가장 가깝고 늘 상대하는 사람이야말로 우리의 인격적 처신이 너무도 필요하다. 흔히 말하는 상관, 부하, 동료를 포함하여 가족, 친지에 이르기까지… 늘 중요한 사실을 깨닫고 행동하는 것이 도에 가까운 일이다. 그래서 "농비신감 비진미요, 진미는 지시담이고신기탁이는 비지인이요, 지인은 지시상이다."라고 선조들은 갈파했다. 상식적이고 보편적이다. 그리고 모든 것은 자신으로부터 출발한다. 자신으로부터 파생되지 않은 것은 이 세상에 아무것도 없을 것이다. 자신의 희로애락과 관련된 문제, 생로병사와 생장소멸과 소청장노의 모든 생활과 관련이 있을 것이다. 평상심과 항상 평범한 사고를 갖되 초지일관한 정신으로 세상을 좀 더 냉정하고 좀 더 긍정적으로 관조해 볼 일이다. 근묵자흑이다. 주변 관리와 환경 관리, 미리 예견하는 통찰력 등이 필요한 시기이다. 그것이 지혜이고 행복이고 또한 보람의 길이다. 나는 지금 어디에 서 있는가? 그런데 한 가지 중요한 사실은 수지청즉무어요, 인지찰즉무도라는 사실이다. 그래서 세상을 살아가는 것이 그리 간단한 문제가 아니다. 때로는 음지에서 때로는 양지에서 누구와도 공감할 수 있는 사고와 행동이 필요하고 그것이야말로 사회생활과 개인 생활의 조화로움이다. 결국은 초지일관도 조화의 미로 귀결될 것이다. 더더욱 일일신 우일신을 하는 생활로 내일의 풍요로움과 보람을 창조하는 길을 찾아보자.

지지상지 종신무치

"지족가락 무탐즉우 지족상족 종신불욕 지지상지 종신무치"는 《명심보감》의 〈안분〉 편에 나오는 구절이다.

가장 중요하고 현실적으로 우리의 마음에 와닿는 얘기는 바로 지지(知止)이다. 그침을 아는 것이다. 그침이란 그만두는 것이다. 멈추는 것이다. 다시는 하지 않는다고 약속하는 것이다. 장기적인 그침이 있고 영구적인 그침이 있고 단기간의 끊음이 있고 지금 잠시 멈춤이 있다. 지족가락은 분수를 알고 자신을 사랑하라는 얘기이다. 지지와 관계가 많다. 기쁨도 잠시다. 모든 것은 원점으로 돌아가야 한다. 반자도지동이다. 원점 주변에서 우리를 발견해야 한다. 누가 나를 보고 있는지 또 누구를 보아야 하는지를 항상 주시해야 한다. 약속을 남발하면 피곤해진다. 순간적인 감정이나 취기와 객기로 세상을 살아가는 사람이 있다. 가슴앓이하듯 평상시에는 감정을 숨긴다. 그러나 그것이 바로 매우 잘못된 의식이요, 인식 체계이다. 술에서의 해방이야말로 모든 것의 해방이 될 수 있다. 진정한 자유다. 그러한 영원함을 위하여 매일 우리는 힘을 쏟고 있다. 합리적인 것과 여유로움과 공간을 만들기 위하여 생활을 작게 해야한다. 그러나 생각은 크게 해야 하는 것이다. 그것이 진정한 여유이다. 그것으로 우리는 세상을 살아가야 한다. 지지란 엄격한 자기 통제이다. 자아의 발견이다. 그리고 자아의 실현을 위한 자극제이다. "세상은 넓고 할 일은 많다." 김우중 전 대우그룹 회장의 명언이다. 그러나 다 할 수는 없다. 우리가 모든 것을 할 수 없다는 것은 어쩌면 당연한 일인지도 모른다. 그것은 조화를 중시하는 우리의 이치 때문이다. 조화는 차이를 아는 데서 출발한다. 조화는 구분이다. 구분이 명확해질 때 우리는 조화로운 세계에서 화합하며 살 수 있다. 인생이 가고 있는 방향과 속도에 대하여 늘 고민해야 한다. 방향과 속도도 때로는 조절하고 조정하며 통제된 그런 상태만이 진정한 방향이요, 진정한 속도가 된다. 그래서 지지다. 멈춤이 없다면 우리는 어떻게 될까? 멈춤을 잃는다면 아마 순간적으로 끝없는 나락에 빠져 버릴 것이다. 멈춤은 도에 가깝다. 공간이 도에 가깝듯이 말이다. 그러나 도를 도라고 한다면 반드시 그것은 도가 아니다. 그래서 진리는 하나지만 가변적이다. 그침은 무욕이다. "상무욕이면 관기묘요, 상유욕이면 관기교다."라고 했다. 노자의 진리이다. 차양자동, 즉 유욕이나 무욕이나 우리 인식 체계를 지배하는 것은 동일할 수 있으나(마음속에서 갖고 싶은 욕심과 버리고 싶은 욕심) 출이이명이다. 즉, 마음 밖에서는 다른 이름으로 나온다. 그래서 관기묘는 현지우현이다. 가물고 또 가물다. 명확한 것보다는 희미한 것이며 그래서 그 안에 진리가 내재되어 있다는 사실이다. 중묘지문이다. 모든 오묘한 것이 드나드는 문이다. 이와 같은 것의 궁극적인 것이 현(玄)이다. 세상은 원래 이렇게 가물게 되어 있다. 광명은 뚜렷한 것이지만 그 뚜렷함이야말로 우리에게 혼돈을 주는 세계인지도 모른다. 뚜렷함은 조화를 잃었다. 그래서 독선이 된다. 명확하지 않음이 오히려 명확함에 가깝다. 흐리멍덩한 것은 오히려 사는 길일 수 있다. 의식적인 흐리멍덩함이라면 말이다. 그래서 보생자는 과욕이고 보신자은 피명이다. 숨기는 것이다. 아니 그것이 바로 그침이다. 고독의 절정에서 아름다운 시상이 떠오른다. 그침의 적정은 산문이다. 지지가 이불태다. 그침을 알되 뛰어감, 나아감이 없다면 또 무슨 낙이 있겠는가? 그래서 적적한 조화다. 적적한 혼합이며 중용이다. 세상은 흑과 백이 섞인 곳이다. 너무 명확한 것을 좋아하지 말자. 우리 자신은 자연과 자연의 합이며 용(用)이다. 그침, 그것은 바로 치허극(致虛極)에 가까운 도이며 비로소 도가 아니다. 그냥 생활이다. 그러나 차원은 높다.

계획과 무계획

우리는 살아가면서 돌발적인 상황에 많이 부딪힌다. 돌발(突拔)은 말 그대로 갑자기 생긴 일이나 사태이다. 지혜는 이때 적절히 발현된다. 할 것인가? 말 것인가? 곧장 갈 것인가? 돌아서 갈 것인가? 만날 것인가? 만나지 않을 것인가? 본인 의지의 표현이다. 본인의 의사가 이때만큼 중요한 때가 없다. 사람과 동물의 차이는 바로 본능의 적절한 통제 능력에 있다. 그런데 가만히 보면 동물은 과욕이 별로 없다. 적절한 본능의 치유이다. 돼지는 많이 먹지만 인간에게 고기를 준다. 소는 열심히 여물을 먹으면서 인간에게 또 다른 힘을 준다. 그러나 그들은 먹는 것 말고는 다른 것에 대한 욕심이 없다는 것이다. 그러나 우리 인간은 어떤가? 먹고, 입고 또 즐긴다. 그리고 흥청망청한다. 내기를 한다. 도박을 한다. 또 다른 것을 요구하고 또 다른 것을 희망한다. 적절한 통제 장치가 없다면 인간이야말로 가장 비극적인 동물이 될 수 있다. 지능이란 지혜롭게 발현될 때만 우리에게 이익을 주고 기쁨을 주고 보람을 준다. 그래서 계획적인 삶이 중요하다. 한 시간을 계획하고 하루를 계획한다. 일주일을 계획하고 한 달을 계획한다. 일 년을 계획하고 십 년을 계획한다. 통상 십 년 이상의 장기 계획을 국가에서는 정책이라고 한다. 그러한 분류에서 전략적 사고가 나온다. 개인에게 일 년 이상의 장기 계획은 목표가 되고 희망이 되고 비전이 된다. 그래서 인간은 인간다운 대접을 받으며 사회와 국가에서 살아가는 것이다. 그런데 우리가 이렇듯 계획하고 사는 것과 돌발적인 상황에서 무계획적으로 사는 것의 비율은 얼마나 될까? 직장에서는 상관과의 돌발적인 약속이 있을 수 있고 동료와의 돌발적인 약속이 있을 수 있다. 가정에서도 아내와 자식 간에 돌발적인 상황이 계속된다. 친구와도 그렇고 동기와도 그렇다. 그래서 우리는 풍요로운 자연과 함께하기 위해서 계획적이고 치밀하고 냉정한 마음으로 살아가는 것이 중요하다. 따뜻한 가슴과 차가운 머리는 그래서 우리를 늘 흥분시키고 엔도르핀을 솟게 만든다. 그래서 엔트로피를 감소시켜 우리에게 무언가 할 수 있는 작용을 주는 것이다. 계획, 무심코 지나가는 세월만 바라보지 말고 하루하루를 계획해 보자. 한시간을 계획해 보자. 일주일을 계획하여 달력에 기록해 보자. 일 년을 계획하여 노트에 적어 보고 십 년을 계획하여 비망록에 옮겨 보자. 계획하는 사람과 돌발적인 행위를 하는 사람의 비전이 다르고 생각이 다르고 결과가 다르다. 양심적인 사람과 비양심적인 사람은 삶의 형태가 다르듯이 무엇인가 생각하면서 치밀하게 살아가는 것이야말로 가장 인간적인 행위이다. 상대방의 입장에서 생각하고 나의 계획에 타당성이 있는가를 분석하고 반성해 보자. 지혜는 지식과 사색의 산물이다. 늘 자연을 가까이하는 사람의 행동을 바라보자. 자연은 우리가 모르는 사이에 말 없는 교훈을 준다. 사시사철의 계획이 그렇고 본연의 자기 모습에서 일탈하려고 하지 않는 묵묵함이 그렇고 자기를 내세우지 않는 침착함이 그렇다. 산에서 나무를 보고 꽃을 보자. 산에서 새소리를 듣고 물소리를 들어 보자. 그러나 때때로 바쁘거나 게을러지면 가까운 공원에서 인공조림이라도 바라보자. 산책을 하는 것이다. 위대한 자연은 늘 계획하는 것 같다. 다시 말하면 돌발적인 상황에서 자기를 구겨 버리는 행위는 하지 않는다. 그래서 거목이요, 태산이다. 천지자연의 운행에는 참으로 오묘함이 있다. 하루에 한 번쯤은 하늘을 쳐다보고 거대한 태양계와 지구를 생각해 보자. 맑은 정신으로 살아가야 한다. 아무리 힘들어도 맑은 정신은 우리의 영혼을 맑고 투명하게 만든다. 그리고 그것은 계획적인 인간의 삶이라는 크나큰 교훈으로 우리 곁에 늘 머물 것이다.

불교적 진리들

불교 경전은 헤아릴 수 없이 많다. 말이 8만 4천 경이지 법문은 무량하다는 얘기이다. 무량하다는 것은 알 수 없다는 얘기도 되지만 한편으로는 엄연히 존재하고 있다는 얘기이다. 그래서 중도가 필요하다. 정도는 곧 중도라고 한다. 바른길은 정직한 길이지만 끝없는 욕심이 고통을 수반하여 적절한 욕심으로 승화되는 것을 요구한다. 불교의 보살행도 중에 사홍서원이라는 것이 있다. 네 가지의 넓은 기도라는 뜻이며 바라는 것이다. "중생은 가이없으나 끝까지 제도한다."라는 구절이 첫 번째이다. 중생은 무변한데 어떻게 언제까지 제도할 것인가? 그래서 노력이 필요하고 강한 의지가 필요할 것이다. 번뇌는 무진장하다. 번뇌를 끊는다는 것이다. 무진장하고 끊는다는 의미가 주는 것은 무엇일까? 바로 중도의 깨달음일 것이다. 적절한 번뇌는 번뇌가 아님을 깨달았을 때 바로 중도의 힘을 얻는 것이 아닐까? 사홍서원은 법문무량서원학이라고 피력하였다. 그런데 마지막도 상당히 난해하다. 불도무상서원성, 끝없는 우주에서의 불도라는 것은 도저히 엄두를 낼 수 없을 정도이다. 그러나 이루고야 말겠다는 강한 집념과 종교적 의지가 있을 때 열반과 해탈의 순간이 온다는 것이다. 그래서 보살은 명실공히 이러한 4가지의 소원을 성취하기 위해 매일 정진하고 매진해야 한다는 것이다. 그것뿐인가? 불교의 수행 방법은 3가지이다. 첫 번째는 참선이요, 두 번째는 간경이요, 세 번째는 염불이다. 참선은 마음을 비우며 자기를 만나는 것이다. 진여 불성된 자아를 발견하는 것은 수행 중에서도 으뜸이라고 한다. 그래서 스님들은 동안거와 하안거를 준비하고 실천한다. 길게는 약 6개월 동안 면벽 수행하는 것이다. 아는 것도 필요 없고 기도도 필요 없다. 오로지 무한하고 광대한 우주에서 본연의 자아를 발견하면 되는 것이다. 그런데 불교적 진리는 소승 불교 위주로 수행되어 왔다. 특정한 사람, 즉 보살(부처가 되기 전)의 수행으로 전 우주와 인류를 깨닫게 만들 수 있다는 것이다. 그러나 불교가 대중화되고 남방 불교, 즉 대승 불교의 힘이 점점 커 가면서 이른바 누구나 수행하면 부처가 될 수 있다는 신념을 심어 주는 환경이 조성되고 있다. 하지만 여기에서는 수승한 선각자가 나오기 힘들다는 또 다른 단점이 있다. 현실과 종교의 괴리이며 이상과 신념의 괴리이다. 그런데 이러한 수행 방법은 문제가 되지 않는다. 불교적 진리가 얼마나 오묘한지가 더 문제이다. 일미진중함시방, 티끌에도 우주가 있다. 이것이 진리인 것 같다. 더 중요한 것은 무명과 광명이다. 진정한 해탈의 세계이다. 그 심오한 진리를 파헤치기 위해 지금도 수많은 선사와 거사가 노력한다. 그 깊고 깊은 불교적 진리를 찾아서 말이다.

해마다 이맘때가 되면

　해마다 이맘때가 되면 우리는 여러 가지를 생각한다. 현대 사회에서 무엇이 우리에게 중요한 갈림길이었고 어떻게 대처하였으며 지금의 상태는 어떠한지 말이다. 우리는 자유 민주주의를 신봉하면서 대한민국을 건국하였다. 자유란 무엇인가? 자유란 인간의 인권과 존엄이 존중되고 소수의 의사 표현이 인증되는 것이다. 물론 법치 국가에서의 자유란 법의 테두리 내에서의 자유라는 한계가 분명히 존재한다. 그러나 자유의 본래 의미는 도덕적 기준이 먼저일 것이다. 도덕은 우리가 인간으로서 지녀야 할 보편적인 덕목이고 최소한의 덕목은 법이다. 인간이 이상 국가를 건설하고 실현하지 못하는 이유는 무엇일까? 바로 보편타당성 있는 객관적 도덕 기준이 서로 상이하기 때문이다. 그래서 우리는 균형화된 생활과 생각을 중요하게 여긴다. 그래서 자유라는 측면에서 보았을 때 법과 상충한다면 우리는 그것을 방종으로 생각한다. 그러나 정치적인 어떤 의도에서 다수의 의사에 반한 그래서 보편타당하고 개인의 자유와 인권이 지극히 제한받는 것이 있다면 더욱 냉철하게 분석되어 온 것이 오늘의 역사이다. 자유가 억압되면 인간의 창의성과 인간성이 급격히 감소하거나 줄어들고 오히려 자유가 그 의미 이상이 되면 방종이 되어 인류 사회에 피해를 주는 암적인 요소가 될 수 있다. 그래서 지금은 글로벌 스탠더드를 요구한다. 국내 기준이 아닌 국제 기준을 요구받는 것이다. 인간은 원래 천부적인 두뇌를 가진 위대한 존재이다. 그래서 인간의 뇌는 작은 우주라고 한다. 유명한 과학자들도 자기 두뇌를 10%밖에 사용하지 못했다는 얘기가 있다. 따라서 궁극적으로 자유란 인간의 위대한 뇌를 완벽히 사용하여 인류에 이바지할 수 있도록 개인의 특성과 개성을 존중하고 살려 주는 것이며 그것은 교육을 통하여 이룩할 수 있다

고 하겠다. 5월은 계절의 여왕이다. 우리나라의 사계절 중 5월처럼 신나고 창의
력이 만발하고 독창성이 엿보이는 달은 없을 것이다. 그러면 민주주의는 무엇
인가? 국민이 주인이 되어 대의 정치를 하는 것이 민주주의의 논리이다. 그런데
문제는 다수결의 원칙이다. 다수의 의지에 소수가 따라야 하는 것인데, 소수의
의견이 무시된다든지 영원히 박탈되었을 때 나올 수 있는 소수의 생각들은 때
로는 다수에 흡수되지 않는다. 의견은 있되 결정이 되면 온 국민이 힘을 결집하
여 밀고 나가는 것이 민주주의의 핵심이다. 그리고 소수는 당연히 다수의 의견
에 동조해야 하는 의무가 있다. 하지만 요즘 시대는 소수 의견이 존중되어 다
수와 소수가 협조하는 점이 있음에 유의해야 한다. 상생이다. 바로 윈윈 전법
이다. 그리고 민주주의는 시장 경제와 완전히 연결되어 있다. 시장 경제는 수요
와 공급이 시장 질서에 따라 자연스럽게 결정되는 것을 의미한다. 물론 여기에
는 국민의 완벽한 의식 수준이 필요할 것이다. 단군께서 홍익인간을 강조하며
고조선을 건국하였듯이 인간을 널리 이롭게 하는 인식의 바탕 위에서 우리는
시장 경제의 효율성을 찾아 나서야 하는 것이다. 그리고 국민 모두는 이러한
자유와 민주주의와 시장 경제의 원활한 유지를 위하여 부단히 노력하고 있다.
또 엄격한 국민의 의식이 기준이 된다면 눈부시게 발전할 수 있는 가능성이 얼
마든지 있다. 가장 큰 문제는 혼란이다. 안정이 아니고 난국이다. 그래서 오늘
도 각 분야에서는 미래의 청사진을 쉴 새 없이 모니터하며 대한민국의 안위를
위해 발 벗고 나서야 한다. 또한, 장점을 살리고 단점을 보완하여 전진하는 것
이 우리의 가장 숭고한 임무이다. 이때 가장 경계해야 할 사항은 진정한 국민의
자유와 민주주의와 시장 경제에 찬물을 끼얹는 돌발적인 상황의 발생이다. 그
것의 해법은 뿌리의 건실함이다. 그 뿌리라는 것이 바로 철학이요, 종교요, 윤리
와 도덕이며 가치관이다. 기성세대가 책임져야 하는 것이다.

연기설과 인연법

어떻게 보면 연기는 결과이고 인연은 과정이다. 비슷한 말이지만 우리에게 시사하는 바는 자못 다른 느낌이다. 그러고 보면 인연이 먼저이다. 인연, 즉 만남이 없는 결과는 이 세상에는 없기 때문이다. 그런데 우리는 특히 우연히 만나는 것을 인연이라고 한다. 그러면 세상에는 필연적인 만남이 존재한다는 말인가? 결국 우리의 마음, 즉 뇌에서 우리를 필연적으로 만나게끔 하는 사례도 많기는 하다. 인연발기이다. 그것은 우리의 마음이 먼저다. 필연은 결국 의식적인 만남을 사전에 고려한 결과이기에 우연은 필연의 범주에 포함해도 된다는 생각이다. 그런데 나는 만남을 논하고자 하는 것이 아니라 결과를 생각하면서 무엇에 기인하였는가를 생각해 보고자 한다. 오늘의 나는 과거의 내 작용에 대한 결과이다. 그리고 미래의 나는 현실의 나를 반추하는 그런 상황이 된다. 과거의 내가 무엇인가? 과거의 내가 명성을 떨쳤더라면 지금의 나는 명성과 명예를 한 몸에 받고 있을 것이고 과거의 내가 현실에 안주했거나 무사안일했다면 지금의 나는 진정한 패배자가 되어 있을 것이다. 과거의 내가 저질렀던 어떤 특정한 사안에 대해서는 그것이 현실이 되어 나에게 기쁨을 주기도 하고 슬픔과 고통을 주기도 한다. 그것이 진정한 연기의 법이고 인연의 법이라고 본다. 선천적인 측면에서 우리 인간은 타의 추종을 불허하는 면을 개개인이 타고났다고 한다. 교육이란 결국 그러한 완벽한 개인의 강점을 살리는 것이 그 목표가 된다. 그래서 "쓸데없이 성인을 숭상하지 말라."라는 말이 노자의 《도덕경》에 나온다. "불상현 사민부쟁(不尙賢 使民不爭)" 쓸데없이 현인을 숭상하기만 하면 백성들은 서로 싸우는 데 급급하다는 것으로 자신을 아는 것이 중요하다는 지혜의 말이다. 자신의 특성을 발전시켜 세상을 조화롭게 살라는 가르침일 것이다. 노력하여 개인의 특성을 발견하고 보완하여야 한다. 만약 그런 삶이 과거의 삶이었다면 현실은 자기의 것이며 홍익인간이라는 이세의 법칙에 부합된 생활이 될 것이다. 나 자신을 완성하는 것은 결국 본인과 타인, 환경이다. 그러나 본시 인간은 천상천하 유아독존 아니겠는가? 스스로 깨닫지 못한다면 누가 억지로 깨우쳐 줄 수도 없고 억지로 만들어 줄 수도 없다. 단지 조언을 할 따름이다. 연기는 어쨌든 이것이 있었기에 저것이 있고, 저것이 있었기에 이것이 있다는 인과의 원리이다. 과학적인 논법이며 자연의 이치이다. 그래서 음지가 있으면 양지가 있을 수밖에 없다. 인간은 때로는 양지가 되고 때로는 음지가 된다. 양지는 양지의 인연을 쌓았고 양지의 연기 수행 결과이며 음지는 이와는 반대이다. 가벼운 예로 어제 술로 환희의 생활을 했다면 오늘은 숙취로 고통받는 것이 똑같은 이치이다. 그래서 세상은 거짓이 없다. 단지 자신이 거짓이며 위선이며 불성실이며 지혜가 없는 사람인 것이다. 오늘의 나를 진정으로 분석하려면 어제의 나를 대입해라. 내일의 나를 재단하려거든 오늘의 나를 대입해라. 그것은 진리 중의 진리이다. 인간은 본시 노력하는 동물이다. 그래서 이성적 동물이며 그래서 창조적이고 생산적인 동물이다. 자신의 밝고 깊은 장점을 찾아 세상에 투영하고 그것으로 타인의 장점도 존중해 주고 필요하다면 조언할 수 있는 사람이 되어야 한다. 철학, 과학, 생활, 창조, 생산, 일반 자연은 따라올 수 없는 거룩한 존재가 바로 우리 인간이다. 그래서 인과응보란 새삼스러운 결과가 아니다. 이성을 가진 우리는 얼마든지 이해할 수 있고 얼마든지 다시 시작할 수 있다. 아무리 현실이 힘들고 고통의 연속이어도 재기의 길은 얼마든지 있다. 그렇지 않으면 왜 인간을 위대한 동물이라고 했겠는가나? 만약 인간이 열등하고 저급한 동물이라면 지금의 과학 기술과 첨단 문명과 초고속 인터넷 등 차세대 문명까지 재단할 수 있었겠는가? 그러나 신이 우리를 창조했다면, 아니 우리가 태어난 여러 가지 정황으로 미뤄 볼 때 우리는 쓸데없이 탄생하지 않았다. 숨어 있는 우리의 잠재 능력을 찾아 키우자. 그래서 인과의 법칙에 위대한 우리 인간의 삶을 투사해 보자. 인연이란 다른 것이 아니다. 우연이든 필연이든 우리는 그것을 아름다움으로 승화할 수 있고 연기의 법에서도 무명을 벗어날 수 있다. 무명이란 다름이 아니다. 연기의 설과 인연의 법을 모르는 것이 무명이다. 완벽한 극복은 부처님이 되는 것이지만 세상에는 항상 차선이 존재한다. 그래서 우리는 조화롭기만 하다. 누구나 성인이 될수 있지만 똑같은 성인은 될 수 없다. 자신의 진정한 존재 가치를 깨닫고 오늘의 험난한 상황을 잘 헤쳐 나가 미래의 꿈을 키워 보자. 아니 오늘의 아름다운 보람의 세계를 미래의 홍익인간이라는 이세의 관점에서 다시 한번 생각하여 한 단계 업그레이드해 보자. 홍익인간이란 단군의 건국 신화이지만, 결국 우리 인간은 누군가를 이롭게 하려고 이 세상에 태어났다는 가장 평범한 진리를 깨닫는 것이기 때문에 매우 중요하다고 생각한다. 세상에 이익이 되고 봉사가 되고 사랑이 되고 희생도 불사하는 그런 마음이 위대한 인간의 정신이요, 또 연기의 법에서 우리가 취해야 할 거룩한 이정표이다.

주식회사 장성군

 풀뿌리 민주주의의 모태인 지방 자치 단체가 실시된 지 많은 시간이 지나고 이제는 정착이 되었다. 물론 아직도 정당과의 협조 등 정치적인 문제가 많은 것도 사실이지만⋯ 나는 《주식회사 장성군》을 읽고 여러 가지 감동을 느꼈다. 서점에 가도 책이 없어서 누가 구해 줘서 읽어 보았는데 결론만 말하면 정말 대단한 군수이다. 초대 군수부터 내리 3선을 했다는 김흥식 군수의 탁월한 리더십이 장성군 발전의 원동력이 된 것이다. 우리 사회에 그런 분이 계셨었다는 것에 놀랐다. 공무원 사회에서 그러한 CEO는 그리 많지 않은 것 같다. 그런데 분명한 것은 대도시도 아닌 장성이란 조그만 시골 군에서 그러한 역량의 군수가 있었다는 것이다. 김흥식 군수의 업적을 몇 가지로 살펴보면 첫 번째는 장성 아카데미가 있다. 장성 아카데미는 사람은 위대하지만, 그 위대함은 바로 교육에서 나온다는 것을 여실히 증명하였다. 매주 금요일 시골 동네에 국내 최고 강사진을 불러 강의를 연다는 것은 웬만한 교육 철학이 아니면 불가능한 일이다. 그러나 장성군은 그것을 실천하였다. 반드시 해야만 되는 것이 선진화된 교육이요, 의식이라는 것을 공무원과 군민이 인식한 것이다. 물론 완벽하게 인식하기까지는 시간이 소요되었지만 말이다. 두 번째는 장성의 문화 관광 사업이다. 장성은 조선 시대에 약자를 보호한 홍길동이라는 실존 인물을 부각하기 위해 홍길동 생가를 복원했다. 그 외에도 필암 서원을 복원하여 장성의 위대한 선비 정신을 부각했다. 또한, 장성 댐을 비롯한 백양사와 충령산 등을 벨트화하여 관광지를 조성하고 일일 투어 버스를 운영하는 등 장성 관광에 대한 혁신적인 사업을 추진하였다. 세 번째는 의식과 행동의 선진화를 위해서 공무원을 비롯한 일부 농민에게 해외 연수를 장려하고 추진했다는 것이다. 네 번째는 공무원의 서비스 정신이다. 모든 행정 업무가 민원인의 입장에서 진행되도록 했다. 즉, 민원인의 입장에서 불필요한 제약이나 형식을 강요하지 않도록 한 것이다. 바로 원스톱 서비스의 실천이다. 일례로 장수군은 회사를 설립하는 요건 등이 다른 지자체에 비해서 너무나 빠르고 단순한 과정으로 되어 있어 공무원들의 신뢰가 매우 높다고 한다. 그래서 90년대 중반부터 장성에 회사를 설립한 수가 약 30여 건에 이른다고 하니 가히 놀라운 일이다. 그래서 지금 장성은 매우 분주하다. 수많은 공무원이 견학을 오고 수많은 국민이 찾아오기 때문이다. 인간의 위대함을 배우고 인간의 철학을 배우고 삶의 진정한 보람을 배우는 것이다. 장성 공무원들은 배우는 데 주저하지 않는다. 수많은 기업에서, 또 다른 지자체에서 벤치마킹을 하면서 부족한 면을 보충한다. 전형적인 회사의 경영 리더십이며 기업가적 가치 창출이다. 그야말로 혁신의 모델을 보여 주고 있다. 특히 놀라운 것은 장성에 전입해 오는 교사들을 위해서 투어 버스를 운영하여 먼저 장성을 알게 하고 느끼게 해 주면서 후학을 지도하게 한다는 내용이었다. 그래서 장성 고등학교는 우리나라의 명문 고등학교가 되어 가고 있다고 한다. 전교생이 4년제 대학 100% 진학이라는 경이적인 기록도 갖고 있다. 그것도 매년 그렇다고 한다. 정말 대단한 장성이다. 전남 북단의 작은 고장 장성, 중국에 만리장성이 있다고 하면 우리나라에는 아카데미 장성이 있다. 그래서 장성은 전국 최초가 많다. 아카데미는 말할 것도 없고 전자 문서 시스템 활용 전국 최초, 빔 프로젝터 보고 전국 최초 등…. 그래서 장성은 군 단위로 주는 모든 상을 독차지한다. 돈도 많고 상도 많고 인심도 후하고 인간의 의지도 강하다. 21세기의 지식과 정보화 시대를 시골 마을이 선도한다. 21세기의 민주주의와 시장 경제에 농촌이 선두로 달리고 있다. 농촌이 피폐해지고 있다는데 장성은 벌써 미래를 내다보며 유기농법으로 농촌을 살린다. 웰빙 시대에 앞서가는 농촌 사회가 실현되고 있다는 것이다. 더 말하고 싶지만…. 시간 나면

장성을 돌아보자. 인간의 위대함을 그리고 대한민국의 저력을 느껴 보자. 장성의 시원한 솔바람을 맞으면서 말이다.

◇◇◇◇
보왕삼매론

　　보왕삼매론은 우리가 어떻게 살아가야 하는가를 잘 보여 주는 글이다. 원래 중국의 명나라 말기 지욱 스님이 지은 《보왕삼매 염불직지》 총 22편 중 제 17편 〈십대애행〉에 나오는 구절이다. 이 세상은 지옥과 천당의 중간에 있는 사바세계라고 한다. 사바세계의 핵심은 모든 욕망이 성취되지 않는, 고로 고통과 괴로움의 바다라고 표현된다. 그러나 고통을 견디면 희망이 오고 괴로움도 이겨 내면 기쁨이 된다. 그래서 '감인토'라고 하고 '인토'라고 한다. 견디고 참아야 하는 땅이라는 뜻이다. 그래서 보왕삼매론은 모든 것은 장애가 있다는 내용이다. 어려움이 따른다는 것이다. 일이 쉽게 되지 않는다. 병고가 있다. 장애가 있다. 마가 있다. 결국 이 세상은 조화의 세상이다. 조화란 삼라만상이 다 있다. 큰 것과 작은 것이 있고 훌륭한 것과 하찮은 것도 있다. 결국 그것들의 조화라는 것이다. 극락이란 모든 것이 다 좋기만 하다는데… 다른 말로 표현한다면 1등만 존재하고 기쁨만 존재한다는 내용인데, 과연 의미가 있을까? 지옥은 또 무엇인가? 다 나쁜 것만 존재한다. 고통만 존재한다. 그래서 사바세계라고 하는 현 세계가 중간 입장이고 중용 입장이다. 어찌보면 가장 살 만한 세계인 것이다. 노력하면 좀 더 나은 생활이 되고 좀 참으면 즐거움이 되는 것이다. 물론 모든 고통은 변증법적으로 또 늘어나게 되어 있다. 효자가 있다면 불효자가 있고 충신이 있다면 역신이 있을 것이다. 어떠한 존재이든 그 존재의 가치가 중요한 것이지 상대방과의 비교 우위에서만 존재한다면 이 세상 자체가 지옥처럼 변해 버릴 것이다. 우리는 이러한 세계를 인내하고 참고 견디며 살아갈 때 그 의의와 가치가 배가되며 궁극적인 인간의 가치를 느낄 수 있지 않을까 싶다. 보왕삼매론은 불교의 경구 중에서도 많은 사람이 공감하며 숙지하는 훌륭한 글이다. 역시 중국이라는 나라는 이런 면에서 대단하다. 이러한 글은 수많은 사고와 수양의 결과일 것이다. 지욱 스님은 사바세계의 큰 선사였다.

일일신우일신

지금부터는 항상 새로운 시간이다. 새로운 시간에 과거란 지나 버린 일일 뿐이다. 잘못된 과거는 신구의의 업 때문이다. 눈, 코, 귀는 항상 호기심을 가져야 하지만 입과 손과 발은 항상 조심해야 한다. 현재는 과거의 나를 표출한 것에 불과하다. 선인선과요, 악인악과다. 이것은 자연의 순리이고 도이다. 만약 선업에 대한 악과가 계속 이어진다면 사람은 무엇으로 살아가야 하는가? 생각만 해도 아찔하다. 진정 우리가 원하고 바라는 것이 있다면 그것을 향해서 정진하는 수밖에는 없다. 곁눈을 팔면 그만큼 더 늦어지는 것이고 그만큼 시간을 허비해 버리는 것이다. 그래서 우리는 늘 바로 진격해야 한다. 그러나 조화는 필수적이다. 남들이 가지 않은 길을 갈 때는 동의하에 가는 것이 좋다. 독단은 화를 부를 확률이 높다. 그러나 모험과는 다르다. 개인에게는 모험이 있어야 하지만 조직의 모험은 조직원 간 동의가 필요하다. 공감대를 얻어야 한다. 과거에 독단으로 화를 불러들였다면 지금은 그 독단의 피해를 짊어져야 한다. 그리고 그곳으로부터 빨리 빠져나와야 한다. 더 이상 지체할 필요가 없다. 새로운 설계는 계획대로 이루어지는 것이 좋다. 비록 그 계획이 약간의 오류가 있다고 할지라도…. 실패를 두려워하지 말라. 두려워해야 하는 것은 실패가 아니고 악업이다. 죄업인 것이다. 불가에서 계를 중시하는 것도 다 이유가 있다. 무엇인가 우리는 늘 변증법적 발전을 해야 한다. 오늘보다 더 나은 내일, 내일보다 더 나은 미래를 향하여 질주하는 것은 우리에게 커다란 보람을 준다. 보람이 모이면 성공이 된다. 성공이 모이면 행복이 된다. 행복은 멀리 있는 것이 아니다. 그리고 행복은 목적이 아니라고 하지 않는가? 행복은 과정이다. 정신을 집중해서 한 가지의 도를 향해서 가는 것이 불교의 진정한 목적이고 그것은 참선과 선불을 통해서 이루어진다. 멀리 있는 진리는 가물거린다. 가까이 있는 죄업들과 허상들은 밝기만 하다. 무엇을 찾을 것인가는 자명하다. 생의 전반기, 후반기를 떠나 깨우친 그 순간부터 일일신 우일신을 하는 자세로 살아가야만 한다. 우리가 태어난 목적은 자명하다. 홍익인간이다. 이타이다. 인류를 위해서다. 그것은 조화를 통해서 가능하다. 예절과 조화는 항상 인간의 몫이다. 그래서 우리의 장점을 발견해야 한다. 노자의 《도덕경》에 "불상현 사민부쟁"이란 말이 있다. 성인만을 막연히 숭상하고 그렇게 되려 한다면 조화롭지 못한 인생이 된다. 자신을 발견해야 하는 것이다. 그 누구도 부정할 수 없는 진리인 자신을 아는 것이다. 그리고 우리에게 잠재된 탤런트, 그 소중한 자산을 발견하는 것이다.

◇◇◇◇
마라톤과 등산

먹는 것과 운동량은 비례해야 한다. 많이 먹으면 많이 운동하고 적게 먹으면 적게 운동해야 한다. 그런데 적게 먹고 많이 운동하면 피로가 금방 올 것이다. 많이 먹고 적게 운동하면 비만이 되고 배가 나오고 매사에 자신감이 없어진다. 운동은 유산소 운동이 필요하다. 뛰는 것이 최고의 운동이다. 건강한 사람만이 뛸 수 있다. 뛰고 싶어도 허리가 아픈 사람, 무릎이 아픈 사람, 기타 질병이 있는 사람은 못 뛴다. 그래서 힘들게 살아간다. 뛰지 못하는 사람들은 걷기 운동을 한다. 걷는 것 외에도 등산 등 좀 더 강도 높은 운동을 한다. 뛰는 것을 대체하는 것이다. 뛸 수 있을 때 뛰는 것만이 우리 몸을 정상으로 만들 수 있다. 그래서 뛸 수 있는 사람은 뛰는 것이 제일 좋다. 오늘부터 뛰는 것과 근육 운동을 병행해야겠다. 나는 특히 여건이 좋은 데서 살고 있다. 뛸 수 있는 환경이 좋은 곳이다. 가끔 한강에 갈 수도 있고 가끔 석촌 호수에도 갈 수 있다. 그래서 좋은 환경인 것이다. 생각해 보면 작년 10월 10km 마라톤을 하고 나서는 뛰지 않았다. 뛰어 본 적이 없다. 그래서 몸이 무겁다. 긴장하면서 살아야 하는데…. 푸른 초원을 뛰어 보고 넘실거리는 강물을 보면서 자신과 대화를 하자. 그것이 마라톤만이 가질 수 있는 최고의 조건이다. 오늘부터 열심히 뛰고 또 근육 운동을 하고 때로는 골프도 치고 해서 신체적으로 균형 잡힌 성숙한 인간이 만들어진다면 정신이 더 고양되면서 업무나 생활 능력에서도 큰 변화가 오고 발전이 있을 것이다. 신체는 건강할 때 지켜야 한다. 건강하지 못하면 아무 데도 쓸모가 없다. 정신도 약해지고 자꾸만 자신감이 떨어질 것이다. 모든 것을 회피하려는 마음만이 들 것이다. 그러므로 다이내믹한 정신을 가지고 세상을 완벽하게 즐기면서 또 보람도 찾아보자.

자아의 발견은 육체에서부터 정신으로 그리고 생활 속에서 이루어져야 한다. 등산은 참 좋다. 신록의 산을 올라 보면 모든 것이 이루어질 것 같은 느낌이 든다. 높은 산은 인간에게 생활의 자신감을 준다. 고독을 느껴 본 사람만이 진정으로 자신을 알 수 있다. 지기가 되는 것이다. "생각만 깊고 학문이 없으면 위험하고(사이불학즉태), 학문만 있고 생각이 없으면 얻는 것이 없다(학이불사즉망)."라는 《논어》의 구절이 있다. 마라톤을 하면서 등산을 하면서 생각을 하는 것이다. 평소 학문이 생각을 통하여 진정으로 사회에, 생활에 승화될 수 있도록 말이다. 다시 한번 운동의 묘미를 살려 보자. 그것이 생활의 작은 지혜요, 수양의 첫걸음이 될 수 있을 것 같다.

반성의 의미

인간은 반성하는 존재이다. 반성은 새로움을 창조한다. 반성은 돈을 들이지 않고 이익을 얻을 수 있는 좋은 것이다. 반성하지 않는 사람은 새롭게 시작할 수 없다. 디딤돌을 디뎌야만 우리는 도약할 수 있는데 디딤돌을 딛기 위해서는 항상 원점에서 돌아봐야 한다. 사람은 과오를 줄일 수는 있어도 과오를 완벽하게 막을 수는 없는 것 같다. 나약한 인간이기에 어쩔 수 없나 보다. 과오는 왜 생기며 어디서 오는 것일까? 과오란 지나치게 잘못된 행동이다. 과오는 감정에서 온다. 이성을 가리는 감정의 늪에 빠져 버리면 과오는 소리 없이 찾아오게 마련이다. 인간 세계에서 과오는 결국 미래를 향한 디딤돌이 될 수 있다. 실패하지 않으면 성공이 없듯이 과오가 없는 사람은 발전도 새로운 시작도 있을 수가 없다. 그에게는 모든 것이 현상이고 현실이기에 주저앉아 버리는 일이 많다. 그래서 사람은 도전해야 한다. 무엇이든 도전하는 삶 속에서 내 것이 더 새로워지며 더 중요한 진리를 터득하고 깨달을 수 있는 것이다. 분명한 것은 실수나 과오는 범할 수 있지만 같은 실수를 반복하지 않도록 유의할 필요가 있다. 좀 더 차원이 높은 실수면 좋고 한 계단 더 높은 과오여도 좋다. 그래야 발전이 진보적으로 된다는 것이다. 그러나 반드시 업그레이드된 실수나 과오가 아니더라도 좋다. 반성을 무조건 자기 발전에 약이 될 수 있다. 도덕적인 인간이 되어야 한다는 것은 재론의 여지가 없다. 과오나 실수도 도덕적으로 허용될 수 있을 때 진정한 디딤돌이 되면서 사회생활을 유지해 나갈 수 있다. 도덕이 최소한이 되어 버리면 범법을 일삼게 된다. 그러면 나락에 빠지고 현상 유지가 힘들어지면서 너무너무 늦어 버린 인간이 된다. 그래서 반성하되 좀 더 차원이 높은 실수나 과오가 중요하다는 것이다. 우리는 냉철한 이성을 바탕으로 한 자유와 사랑과 유희 등이 필요하다. 성공을 향한 우리의 마음은 누구나 이해할 수 있고 또 우리의 바람이기도 하다. 성공은 곧 승리이며 승리란 인생의 목표이기도 하고 행복의 조건이기도 하다. 승리하는 인생을 살고 싶지, 누가 패배하는 인생을 살고 싶겠는가? 승리는 반성의 토대 위에서 한 단계 진보된 생각과 사고와 실천 등이 모여서 만들어진다. 그리고 승리는 타인에게 얼마나 도움이 되고 또 조화가 되고 또 이익이 되느냐에 따라 가치가 달라진다. 겨우 자기 목숨을 부지하는 데 급급하다면 승리했다고 말할 수 없을 것이다. 수신제가는 그래서 중요하다. 나라를 다스리려면 세계를 다스릴 수 있는 능력이 구비되어야 한다. 가정을 다스리려면 나라를 다스릴 수 있는 역량이 있어야 한다. 자신을 수양하려면 최소한 가정은 편해야 한다. 이것이 진리이다. 적은 그릇에 담은 물은 한계가 있다. 그러나 큰 그릇에 물을 채우면 절반만 채워도 넉넉하다. 적은 그릇은 곧 자기의 업보이다. 반복되는 실수나 과오를 방치한 결과이다. 인간은 모름지기 최소한의 자기 수양이 되어야만 타인에게 베풀 수 있다. 결국 국가나 사회가 필요로 하는 사람, 즉 국가나 사회에 공헌할 수 있는 자격이 있는 사람이 자기 수양과 직결되는 가정을 움직일 수 있다는 것이다. 또한, 특수한 자기 능력을 발견하는 것이 매우 중요하다. 자신의 보편적인 능력은 수시로 갈고닦아야 하고 특히 청소년 시절에 갈고닦는 것이 중요하다. 그것이 바로 사회화의 과정이다. 특수한 자기 능력은 대학에서 발전시키거나 사회생활을 하면서 발전시켜야 한다. 그래서 자신과 사회를 조화시키고 고도로 조화된 가운데 자기 능력은 소리 없이 전개되고 표출된다. 결국 사람은 타인을 위해서 살아가는 것이다. 그것이 행복과 성공과 승리의 조건이다. 반성은 실패에서 온다. 실패는 실수와 과오에서 온다. 그러나 더 중요한 것은 이성적인 실패일 때 효용성이 있는 것이지 감정적이 실수나 과오는 인간을 점진적으로 발전시킬 수 없다. 그때의 반성은 현상 유지일 뿐이다. 적절한 감정의 조화, 어쩌면 예술과 과학의 조화라고 할까? 그것이 타인에게도 그리고 자신에게도 중요한 것이다. 그것의 기초가 반성이다. 반성이란 어찌 되었든 우리의 인격을 살찌운다.

진정한 지혜

우리는 살아가면서 진리를 추구하고 진실을 추구하고 궁극적으로 행복을 추구한다.

행복은 자기 마음속에 있다는데…. 자기 마음에서 불행한 요소를 빼면 행복이 된다. 마음은 어떤가? 수많은 세월 속에서 생각하고 행동하고 계획하는 모든 것이 마음이다. 불행한 요소는 정확히 무엇이 언제 어떤 방면으로 얼마나 지속되면서 자기의 마음에 자리 잡는지 그 분석적 요소를 생각해 보아야 한다. 우리가 추구하는 모든 것은 첫 번째는 연속성이 있어야 하고 두 번째는 효율성이 있어야 하고 세 번째는 다양성이 추구되어 만인에게 이익이 되어야 하고 네 번째는 낙천성, 즉 재미있어야 한다. 이것은 한마디로 지혜라는 글자로 요약된다. 지혜는 그 특성상 간단히 추구될 수 있는 성질이 아니다. 첫 번째로 지혜는 다시 말하면 멀리 볼 수 있는 능력, 다시 말하면 혜안이라는 것이 필요하다. 혜안이란 직관도 있어야 하고 통찰력도 있어야 한다. 그리고 과거의 다양한 경험에서 우러나오는 것이 자리 잡고 있어야 한다. 인간에게 가장 중요한 것은 역사가 있다는 것이다. 역사란 개인의 역사와 사회, 국가의 역사로 대별될 수 있다. 역사는 반복된다는 평범한 진리를 되새기면서…. 그런데 반복된다는 것은 무얼 의미하는 것일까? 잘못된 역사도 그렇게 반복된다는 것을 의미하는 것은 아닐까? 역사가 되풀이된다는 것은 사계절이 돌아오듯이 우주의 근본에서 생각해 보는 게 옳을 듯싶다. 생장소멸이나 생로병사도 같은 맥락으로 볼 수 있을까? 단지 개인의 입장에서는 역사에 관한 중요한 이슈보다 창조적이고 생산적인 개인의 역사가 더 중요하다는 것이다. 그런 면에서 볼 때 진정한 지혜의 역사는 잘못된 역사가 반복되지 않는 것만으로도 창조성과 생산성이 보장될 수 있다. 잘못된 역사의 반복은 개인이건 국가건 바람직하지 않은 일이다. 그것은 개인이나 조직의 사멸과 관련된 것이다. 정말 중요한 것은 이론보다는 생명력이 넘치는 실천이다. 중요한 건 주지의 사실이다.

선도하는 인생

《대학》에 "격물치지 정심성의 수신제가 치국평천하"라는 말이 있다. 위대한 명언이다. 공자의 말 중에 이 말보다 더 훌륭한 말이 있을까? 정말 대단한 말이다. 그러나 실천한다는 측면에서 보았을 때 대단히 어렵고 힘든 일이기도 하다. 나아갈 수가 없는 상황일 때 우리는 다시 뒤돌아 가든지 아니면 다시 옆으로 가든지 아니면 기다리든지 해야 한다. 격물에 치지를 다하고 있는가? 지혜의 소산이다. 인내의 결실이다. 흐린 눈으로 사물을 바라보면 흐리게 보이고 빨간 눈으로 사물을 바라보면 또 빨갛게 보일 수밖에 없다. 그렇다면 우리는 어떤 마음으로 사물을 바라보는가? 때로는 흐리게 바라보기도 하고 때로는 명쾌한 눈과 이성적 혜안으로 바라보기도 한다. 하지만 그 결과에 있어서는 천양지차다. 하늘과 땅 같은 엄청난 차이라는 뜻이다. 격물은 반드시 그 본질을 이해하고 그 본질을 이해한 후에 바른 마음으로 수양하고 또 진지하게 뜻을 세우는 것이다. 불교에서는 이것을 계정혜라고 한다. 계율을 지키고 바른 마음으로 선을 닦아서 지혜의 반야에 이르는 것이다. 그곳에는 신구의라는 것이 있다. 우리가 통제하고 절제하고 또 지혜의 보고로 만들 수 있는 것이 바로 신구의다. 몸과 입과 마음에 우리 모든 것이 들어 있다. 격물하되 신구의로 격물하고 치지하되 신구의로 치지한다면 아무런 탈이 없다. 근본의 이성을 되찾고 더 나아가 인내의 한계에서 자신을 되돌아보면서 앞으로만 나아갈 길을 찾아 나서는 것이 정심과 성의이다. 그리고 그것을 불교에 대입한다면 역시 신구의를 통하여 계정혜를 닦았을 때 가능한 것이리라. 불교에서는 왜 계가 으뜸일까? 불교는 구체적으로 계율을 정해 놓았다. 이것은 하고 이것은 하지 말라고 현실 속에서 지정한 것이다. 그래서 정이 필요하고 욕망의 자제가 필요하고 공 사상과 색 사상에 대한 이해가 필요하다. 유교에서 강조하는 수신제가는 무엇인가? 수신제가는 그것에 앞서서 격물이 되고 치지가 되고 정심이 되고 성의가 된 상태, 이른바 불교에서 얘기하는 계율을 지키고 선정을 닦아 밝은 마음으로 지혜를 갈구하는 마음이 되어야 한다는 것이다. 자기를 곧추세우지 못하면 끊임없이 반복된 인내를 시험하고 또 도전하고 또 기도하고 또 생각해서 바른 마음으로 돌아서야 한다. 그래야 비로소 인간의 구실을 할 수 있다. 사람과 인간은 속성이 다르다. 사람은 동물의 본질에서 바라본 인간의 상이고 인간은 인간과 인간의 상호 작용 속에서 바라본 사람의 상이다. 개체와 조직이라는 차원에서 매우 다른 것이다. 그것은 인내하고 정심하고 계율 속에서 살아가면서 발전되고 성취되는 것이다. 삶이란 개인의 성장과 쇠퇴의 과정이다. 성장의 한계가 빨리 오면 별 볼 일 없는 사람이고 성장의 한계가 무한대에 가까운 사람이 사회의 지도자가 되는 것은 당연한 일이다. 늙어서 죄를 짓고 감옥에 가는 사람은 분명 문제가 많은 인간이다. 결국 잘못 살았다는 결과밖에 안 된다. 무엇 때문일까? 가장 나쁜 것이 바로 탐진치다. 욕심이다. 성냄이다. 어리석음이다. 욕심이 그중에서도 가장 나쁘다. 술 먹는 욕심, 음식 먹는 욕심, 돈 버는 욕심, 사랑의 욕심 등 무슨 욕심이든 개인적인 욕망과 쾌락의 추구는 가장 나쁜 독소이다. 그래서 불교는 정도를 가라고 하고 정도란 바로 중도요, 증득이다. 욕심을 버리고 나를 버리고 결국은 나의 재생을 통하여 가족을 기르고 사회를 기르고 결국 국가의 기둥이 될 수 있다는 것이다. 타인과 사회와 국가를 위하는 삶이야말로 성공한 삶이다. 자신을 다스리지 못하고 맨날 욕심에 허우적거리는 삶이야말로 가장 실패한 삶이다. 누구를 위해서 무엇을 할 수 있느냐는 것은 그 사람의 능력 발휘 문제이다. 자식을 위해서, 가족과 사회의 동료를 위해서, 상관을 위해서 내가 지금 이 순간 무엇을 하고 무엇을 할 수 있는지를 진정으로 파악하는 것이 바로 사람됨의 시작이다. 세상을 더 올곧고 바르게 살아 보자. 자신을 재관찰하면서 말이다.

세월이 흐르면

　인간은 본시 망각의 동물이다. 왜냐하면 수많은 사연을 감추고 잊고 또 새로운 사건으로 과거를 회상하기 때문이다. 만물의 영장인 인간에게 이러한 망각의 요소가 없다면 어떻게 될까? 적어도 사람은 도덕과 윤리 기준에 자기를 맞추어 가야 한다. 그러한 도덕과 윤리에 기초하지 못한 인간의 생활은 말 그대로 살얼음판이다. 그러면 도덕이란 무엇인가? 도덕이란 매우 객관적인 것이다. 대다수 사람이 어떤 사람을 나쁘다고 말한다면 그 사람은 개인의 공과가 있어도 진심으로 반성하고 회개해야 한다. 그래서 객관적인 도덕 기준을 갖고 세상을 살아가야 한다는 것이다. 문제는 적극성 있는 생활이 도덕의 굴레에서 피해를 본다든지 아니면 발전을 하지 못하는 경우에는 정체되어 버린다는 것이다. 세상에서 가장 무서운 것이 정체요, 무관심이다. 어쩌면 살아갈 가치가 없는 것인지도 모른다. 무언가 생각하려면 무언가를 해야 한다. 그런데 같은 값이면 보람 있는 일을 하는 것이 좋을 것이다. 매사가 업그레이드된다면 우리 개인도 만족하고 사회도 국가도 이익이다. 무엇이 진보적인 일일까? 무엇을 변화하게 하고 실행해야만 우리의 삶을 진보시키고 발전시키는 것인가? 답은 냉철한 판단으로 객관적이며 합당한 일을 할 때이다. 그것의 기본이 도덕이요, 윤리 감각이다. 능력은 포괄적인 것이다. 한 가지만 잘한다고 해서 능력이 배가되는 것은 아니다. 바로 참인생의 도덕 감각이 몸에 배고 윤리적인 기준이 틀에 박히고 난 후 우리는 새로움으로 또 도약해야 한다. 인생이 하루아침에 좋아질 수 없지만, 인생이 하루아침에 망할 수는 있다. 그래서 도덕이 몸에 배어 있어야 한다. 윤리가 몸에 배어 있어야 한다. 그것이 바로 예절이고 교양이고 사람됨일 것이다. 그것만이 우리가 추구해야 할 진리인 것이다. 나는 늘 무엇이든 조화로 해결해 나가는 지혜가 필요하다고 얘기한다. 그러나 중용의 도, 화자위선, 너무도 당연한 말인데 잘 실천되지 않는 것이 사실이다. 과음, 과식, 과색, 과로, 과장, 과신, 과욕 등 과한 것은 좋지 않다. 적당한 틀이 가장 좋은 것이다. 그 접점을 찾는 것이 지혜이며 우리는 늘 그것을 추구한다. 그래서 그것이 실천의 장이 되었을 때 우리는 그 사람을 경애하며 존경한다. 우리 사회에는 늘 성인이 있다. 성인이 언제나 영원한 삶을 사는 이유는 중용의 도와 인내의 도를 알기 때문이다. 세월이 흐르면 우리는 또 다른 지혜로운 사람이 되어 고난 극복에 대한 자부심을 가져야 하고 또 살아가는 과정에서 진한 행복의 여운을 가질 수 있어야 한다. 고난은 누구나 어디에나 존재한다. 고난의 연속은 행복을 보장하는 것이다. 그러한 고난이 우리를 발전시키는 원동력이 된다. 고난을 즐겨 보자. 고난을 사랑해 보자. 고난의 형태를 한 단계 높여 보자는 것이다. 좀 더 여유 있는 삶이 될 수 있도록 지혜와 사랑과 믿음을 가져 보자. 오늘도 잘못된 일의 정체가 반복되고 있지 않은지 세월이 흐르면서 망각 곡선이 다시 연속되지는 않는지 살펴보자. 그래서 만약 비슷한 정체의 과오가 반복된다면 우리는 그곳에서 빨리 벗어나 보자. 또 세월이 간다. 오늘이 저문다.

◇◇◇◇
긍정의 힘

　조엘 오스틴의 《긍정의 힘》이 있는가 하면 일본 작가 사토 도미오의 《긍정의 힘》 책도 있다.

　조엘 오스틴의 글은 아직 읽지 못했다. 사토 도미오의 《긍정의 힘》도 대단한 책이다. 《긍정의 힘》에 보면 태초에 말이 있었다고 한다. 말은 사고를 형성하고 또 사고는 말을 형성한다는 의미이다. 결국 사고와 말은 어떤 것이 앞선다고 할 수 없을 만큼 같은 레벨이다. 그러나 그중에서도 말이 중요하다고 한다. 말한 대로 된다는 것이다. 생각과 말과 행동이 삼위일체가 되는 경우는 허다하다. 그것이 진리라는 것이다. 인생이란 자기상이 있다. 자기상은 결국 자기 암시이다. 나는 누구인가? 긍정형인가? 부정형인가? 적극형인가? 소극형인가? 말대로 된다. 유쾌한 사람인가? 재수 없는 사람인가? 불안한 사람인가? 행복한 사람인가? 행복은 주어지는 것이 아니라 만들어진다. 정신 분석학자 프로이트는 다시 태어나면 무당이 되고 싶다고 했다. 무당이나 굿을 하는 사람들은 대부분 좋은 말을 한다. 그리고 그렇게 되는 것이다. 그래서 모든 것은 마음먹은 대로 된다는 진리이다. 우리 인간에게는 낡은 뇌와 새로운 뇌가 있다. 낡은 뇌는 대뇌변연계이며 새로운 뇌는 대뇌 신피질이다. 낡은 뇌는 자율 신경계라고 부른다. 본능의 뇌이다. 동물의 뇌인 것이다. 생화학 반응을 담당하는 것이 바로 낡은 뇌이다. 그렇다면 새로운 뇌는 무엇인가? 새로운 뇌는 뇌의 가장 바깥쪽에 있으며 생물 중에서는 인간에게만 있다. 사물을 생각하거나 선악을 판별하거나 좋고 싫음을 표현하는 인간의 의식과 의지를 담당하는 부분이다. 새로운 뇌는 상상력을 동반한다. 인간은 생각의 산물이다. 불안한 마음과 걱정과 고민은 아드레날린이라는 부신 수질 호르몬을 만든다. 그래서 얼굴색이 나빠진다. 그리고 화를 내거나 스트레스를 받으면 노르아드레날린이라는 호르몬 물질의 독성 때문에 병이 나거나 노화가 촉진된다. 그래서 미국의 철학자 윌리엄 제임스는 "인생이란 그 사람이 생각한 것의 소산이다."라고 갈파했다. 믿음이 현실이 된다. 플라세보(위약) 효과에서 윌리엄 제임스의 말을 알 수 있다. 사랑니를 뺀 환자를 대상으로 가짜 약을 투여했을 때 환자는 통증이 없다고 했다. 믿음의 효과이다. 말에 담긴 힘에 멸망한 도요토미 히데요시를 보라. 그는 대륙을 공격하면 확실히 이긴다는 것 때문에 승산이 없는 전쟁을 하고 참패한 것이다. 태초에 말이 있었다. 우리는 평소에 말하는 대로 모든 사물을 생각하고 생각하는 대로 말한다. 그래서 사고 습관과 언어 습관은 전후 관계보다는 표리일체이다. 우리 몸은 60조 개의 세포로 이루어졌다. 인류는 500만 년의 역사를 가졌다. 뇌는 쓰면 쓸수록 강해지고 발달한다. 신경 세포 하나에 수상 돌기와 축삭 돌기가 만나 시냅스라는 연결 고리를 만드는데 이 시냅스가 인간의 뇌를 발달시킨다. 제한 유전자는 부정적인 말로 나타난다. 그러나 2047년에는 승리 유전자의 힘으로 인간의 평균 수명이 120세에서 150세까지 늘어날 수 있다고 한다. 승리는 유쾌한 상태여야 된다. 행복, 만족, 충실의 상태이다. 스트레스를 녹여야 한다. 우리의 몸에는 호메오스타시스, 즉 항상성이 있다. 그러나 가끔 우리는 자율 신경 기능 이상으로 스트레스를 받는다. 그러나 우리 몸에는 자동 목적 달성 장치라는 것이 있다. 한편 뇌간에는 그물 활성계 RAS라는 것이 있어서 자율 신경계를 통제한다. 즉, 죽고 싶다고 이야기하면 RAS는 그러지 말라는 충고를 보내는 게 아니라 죽는 방법을 가르쳐 주는 것이다. 그래서 위험하다. 그래서 늘 밝고 긍정적인 자세로 건전한 정신과 의식을 견지해야 한다. 우리가 내뱉은 말은 모두 우리에게 돌아온다. 상대를 칭찬하면 나에게는 3배의 기쁨이 되어 돌아온다. 그래서 푸념이나 술주정은 조심해야 하는 것이다. 상대방이 없는 자리에서 험담하면 안 된다는 것이다. 성공한 사람은 칭찬에 인색하지 않다. 같은 말이라도 "겉모습은 모자란 듯해도 진지한 면이 있다."라고 하면 기분 나쁜 말이다. "진지한 성격이라 믿을 만한 인물이다." 이렇게 말하면 얼마나 좋은가? 실패담과 고생담은 자꾸 떠올리지 않는 게 좋다. 당뇨병은 스트레스의 결과이다. 글리코젠의 과다 분비인 것이다. 낙천적으로 살아가야 한다. 그래야 우리는 수명을 보장받을 수 있다. 그리고 감사의 마음을 가져야 한다. "오늘도 비가 오네?"라고 하는 것보다는 "와! 빗속을 거니는 기쁨이 크다!"라고 말할 수 있어야 한다. 사냥꾼이 사냥감을 기다리듯 꿈을 가지고 불확실한 미래를 기다리는 것이 너무도 중요하다. 스트레스란 일종의 공포심이다. 조심해야 한다. 걱정거리의 96%는 실현되지 않는다. 걱정해서 될 일이 아니다. 성경에도 하나님은 그 사람이 감당할 수 있는 만큼의 시련만 주신다는 얘기가 있다. 우리는 일찍 자고 일찍 일어나야 한다. 밤 11시부터 2시 사이에 숙면하면 부신 피질 호르몬이 분비되어 스트레스에 지친 몸의 피로가 풀린다. 유쾌해지려면 일찍 일어나서 조깅을 해라. 1970년대 미국에서는 조깅 붐이 일었다. 그리고 우리는 꾸준히 학습하여 사고 회로를 개혁해야 한다. 일류가 되고 싶으면 인류를 배우고 알아야 한다. 물건에 욕심이 있는 사람이 일도 잘한다. 돈 쓰는 것, 생활 환경, 소지품 등도 중요하다. 또한, 항상 꿈을 갖고 유쾌한 기분으로 살아가야 한다. 옵티멀 헬스는 유쾌한 마음과 적절한 운동 그리고 건강 보조 식품 이 3가지이다. 술은 맥주가 좋다. 맥주는 다른 술보다 병에 걸릴 확률이 27배나 낮다. 또 적포도주와 치즈가 매우 좋다. 세계에는 3천 종류 이상의 언어가 있다. 말을 하려면 어휘력이 풍부해야 한다. 방법은 독서이다. 우리 인간에게 무엇보다 필요한 것은 매너리즘의 극복이다. 그래서 환경을 늘 개선해야 한다. 비일상적인 행동으로 매너리즘을 떨쳐 버려야 한다. 가장 중요한 것은 부부간의 화합이다. 좋은 아내, 좋은 남편 그리고 이해와 사랑이 필요하다. 결론적으로 일과 작업을 구분하자. 일은 매우 중요한 것이다. 기획부터 필요하다. 반짝이는 아이디

어느 형식의 파괴에서 온다. 인생은 현재이다. 후회는 하지 말고 과거를 회상하여 즐거움을 찾자. 후회하는 사람에게는 꿈과 희망이 들어갈 자리가 없다. 그러나 회상하는 사람은 현재의 만족감으로 밝은 미래를 그릴 수 있다. 좋은 말, 좋은 생각, 좋은 습관이라는 평범한 진리를 체득하자는 게 결론이다.

◇◇◇◇
펼 벅의 대지

　인간은 사유의 동물이지만 한편으로는 망각의 동물이기도 하다. 사유! 인간의 의무는 인간을 이해하고 사랑하고 극복하는 것이다. 홍익인간, 단군왕검의 배달민족, 이화 세계, 수많은 종교가 명멸하고 현존하고 있다. 예수 그리스도가 그렇고 유대교가 그렇고 이슬람이 그렇고 불교와 유교가 그렇다. 철학의 대가 그리스의 소크라테스 역시 인간의 역사에서 뺄 수 없는 위인이다. 살아간다는 것은 무엇이냐? 『대지』에서 살아가는 것은 고통의 연속이요, 그것이 곧 희망의 연속이라는 것을 느낀다. 왕룽의 세계는 처절한 인간의 세계이고 그것의 본질이다. 찢어지게 가난한 농군의 아들에서 황 부잣집 종을 데려다가 아내로 삼아 허리가 휘도록 열심히 일한다. 그러나 땅을 사고 좀 나아질 무렵, 극심한 한발로 기근에 허덕이다 남방으로 내려가 요샛말로 노숙자가 된다. 그러나 땅에 대한 사랑과 애착으로 다시 농촌으로 가서 살아간다. 하지만 이번에는 홍수가 나서 고생을 하게 되고 애들 문제, 부친과 친척 문제로 또 다른 걱정을 하게 된다. 황 부잣집의 재산을 거의 사들여 이른바 왕 부자가 된 후에는 여자를 탐닉하면서 후처를 얻고 이어서 며느리를 보고 더 늙고 병들고 힘겨운 노년을 보낸다. 결국 부자나 빈자나 생이란 걱정의 연속이었다는 진리를 깨닫고, 땅에서 태어나 땅으로 돌아가는 인간에게 있어 대지란 너무도 중요한 자산이란 걸 느낀다. 인간과 자연의 조화이다. 결국 인간이란 얼마나 조화로운 생을 살아가느냐 하는 근본의 문제를 남겨 두고 땅의 소중함을 잊지 말라는 당부와 함께 이생을 종식하는 줄거리로 『대지』는 끝을 맺는다. 『대지』는 한여름의 더위를 모처럼 시원하게 식혀 주었다. 땅, 대지, 진하해이부설이요, 재화엄이부중이라. 대지의 위대함이다. 높은 하늘은

신의 경지요, 또 넓은 땅은 인간의 경지이다. 땅, 대지의 진리를 터득해 보자. 우리는 대지를 밟지 않고 살아갈 수 없다. 그리고 대지에 서 있는 모든 것에서 우리의 행복을 추구하는 방법을 알고 또 한 번 깨닫고 느껴 보자. 감사함과 사랑이라는 것과 우리 동양의 자비와 인과 홍익인간과 이화 세계의 진리를….

과거와 현재

　우리는 과거와 현재라는 뗄 수 없는 관계 속에서 살아가고 있다. 지금 우리의 모습이 과거에 우리가 지내 왔던 모습이고 지금 생각하는 차원이 과거에 생각했던 것의 연장이다. 역사 속에서 우리는 오늘을 살아가고 있다는 평범한 진리를 다시 한번 생각해 본다. 과거와 현실, 아니 정확하게 표현하자면 과거와 미래이다. 과거와 미래 속에서 최근의 과거와 앞으로 최소의 시간에 닥쳐올 미래야말로 현실의 범주에 포함된다고 본다. 지나 버린 과거야말로 우리의 경험이고 교훈이다. 교훈과 경험을 되살리면 더욱 훌륭한 미래를 내다볼 수 있을 것이고 그렇지 않으면 암흑 속에서 다시 한번 과거의 교훈을 터득하기 시작해야 한다. 개인과 가족 그리고 사회와 국가의 역사, 결국 개인의 역사가 모여 국가의 역사가 되듯이 제일 우선은 개인일 것이다. 그러면 나의 과거들은 어떠했는가? 요동치는 사회 환경 속에서 허우적거리면서 본능에만 치우친 생활은 아니었는지 반성해 본다. 인간이 인간다울 수 있다는 것은 단 하나, 의식의 상승이다. 감정의 극복이며 이성의 반추이다. 항상 미래에 살 수 있는 사람 그리고 다양한 경험에서 무언가를 얻으면서 살아가는 그것이다. 초등학교와 중학교, 고등학교 이상의 시절에 나는 무얼 했는가? 사회에 나갈 준비를 어떻게 했으며 무엇을 얻으려고 발버둥 쳤는지 모르겠다. 현실에 대한 안주나 허망한 미래에 대한 갈구, 말뿐인 상상력 그 이상도 이하도 아니었던 것 같다. 학창 시절에 다양한 문화를 접해 보고 미래를 향한 투자를 좀 더 과감히 했었더라면 하는 아쉬움이 남는다. 그리고 군대 생활까지…. 꿈과 이상의 추구보다는 현실의 안주와 감정의 골에 파묻히는 생활의 연속이었던 것 같다. 인생이란 무엇인가를 얻어야 하는 것인데…. 그리고 그것은 다양한 경험과 겸손과 사랑과 이해에서 오는 축복인 것 같은데…. 현실과 나에 대한 명확한 인식의 부족, 그러면서도 부하에게 군림하고 식구들에게 큰소리만 치는 껍데기 인생의 연속이었다. 가장 중요한 사실은 간과하면서 그렇게 세월은 지나 버렸고, 조직에서 요구하는 것이 무엇인가를 명확하게 알고 창의적으로 실천하는 것이 부족했다. 그래서 욕을 먹고 때로는 지탄을 받고…. 그러나 포기하지 않은 것은 천만다행이다. 그래서 생이란 끝까지 포기하지 않고 자신과 현실을 발견하는 것이라고 본다. 그것이 바로 희망이요, 비전이요, 꿈이라고 말하고 싶다. 독서의 중요성은 배운다는 자세이다. 겸손한 자세이다. 배움이 없으면 그만큼 보이지 않고 편협해지고 편벽해지면서 현실을 오도한다. 그래서 책을 읽어야 하고 새로운 사상들을 수용하고 큰 어른들에게 배워야 한다. 먼저 깨달은 사람들에게 배워야 하고 또 나의 지식과 경험을 후세에게 전파하고 교육한다. 이것이 생의 과정에서 가장 중요한 사실이 아닐까? 과거와 현재 그리고 나와 현실 문제를 해결하는 과정이 인생이란 것을 잘 알고 있는데…. 문제 해결을 위한 여러 가지 창의적인 방편은 별로 세우지 못하고 있다는 사실이다. 나와 가정, 사회(직장)와 국가, 더 나아가 민족을 포함한 전 세계와 우주까지도 포함할 수 있지만 역시 수신제가 치국평천하는 진리 중의 진리이다. 능력을 키워야 하고 그 능력을 효율적으로 적용해야 한다. 국가를 다스릴 수 있는 힘과 능력이 있을 때 자연스럽게 가정이 다스려진다고 한다. 그것이 빔의 철학이다. 비워 두는 지혜와 능력 그리고 국가를 다스릴 수 있는 힘이 있는 사람은 곧 세계를 다스리는 다시 말하면 동서양을 고루 섭렵한 사람일 것이다. 한 번뿐인 인생, 과거를 보면 현재를 알 수 있고 현재를 보면 미래를 알 수 있다고 한다. 살아 있는 약 80년의 세월, 물론 사람에 따라 살아 있는 시간은 다를 수 있지만 죽어 있는 수만 년의 세월을 역사에서 본다면 우리는 정말 머뭇거릴 시간이 없다. 보람과 만족과 창의와 공익을 위하여 새로움으로, 다시 살아가는 마음으로 늘 시작해 보자.

결국 오늘 이 시간 우리의 삶이 또다시 결정된다는 사실을 인지하면서 말이
다.

◇◇◇◇
독백

가을이 점점 다가온다. 오늘 아침에는 하늘이 유난히 높아 보인다. 결실의 계절 가을은 남자의 계절이기도 하다. 고독이 물밀듯이 밀려오며 삼라만상이 나뭇잎처럼 우수수 떨어져 자연의 무상을 느낀다. 가만히 보면 파란 그늘을 여름 내내 선물했던 풍성하고 왕성한 잎사귀는 형형색색 물을 들이면서 마지막 잎사귀의 의무를 다한다. 자연은 쉴 새 없이 사시사철을 넘나들면서 흘러가고 있는데, 우리 인간도 이처럼 정확하게 사시사철이 맞아떨어지는지⋯. 천혜의 환경에 살고 있는 대한민국과 위도 38선 부근의 모든 국가의 국민은 자연이 주는 혜택을 골고루 받고 있다. 적도 부근의 국가들을 보라. 얼마나 게으른가? 일을 안 해도 열매가 풍성하고 곡식이 풍성하여 먹고 노는 분위기가 팽배해 있다. 추위를 모르면 사람이 게을러지게 되어 있다는 것이다. 그런데 인간은 자연의 사시사철과는 다른 점이 있다. 우리 인간은 겨울과 같은 추위의 고통을 여러 군데에서 느낄 수 있다. 공부의 고통이 그것이고, 사업으로 힘들게 돈을 버는 것이 그것이며 업무의 치밀함으로 국민과 국가에 최선을 다하는 정력의 소비가 그것이다. 겨울에 따뜻하기 위해서 자연은 겨울 준비를 한다. 줄기는 거세지고 잎사귀는 떨어진다. 사람들은 자연에 승리하기 위해 두꺼운 옷을 준비하고 겨울 난방을 준비하며 김장을 한다. 입고 자고 먹는 기본적인 의식주를 자연의 생리에 맞추어야 하는 것이다. 그러나 입신양명이나 명예, 기타 생장소멸의 사인 곡선을 위해서는 무엇인가를 해야 한다. 준비를 해야 하는 것이다. 공부도 하고 체력도 단련하고 말도 가다듬고 용모도 단정히 해야 한다. 창의력을 발휘하고 새로운 아이디어를 창출하여 공익에 도움이 되는 일을 해야 한다는 것이다. 더욱 높은 데서 멀리 볼 수 있는 사람이야말로 참다운 성인이다. 나는 가끔 흐느적거리는 밤거리에서 부어라 마셔라 하는 이류 인간들 사이에 던져져 있을 때가 있다. 그리고 자위해 버린다. 사람이란 다 그렇고 그런 것이라고 말이다. 그러나 그것이 반복된 생활이 되었을 때 건강을 해치고 더 나아가 돈을 낭비하게 되고 시간을 낭비하게 되고 명예를 실추하게 되고…. 흥청망청하는 인간은 결국 패륜의 길을 가게 되고 패가망신의 길을 가게 된다. 그래서 일류 인생이 되어야 한다. 더욱 정직한 자세와 겸허한 마음으로 자기를 응시하고 미래를 창출해야 한다. 정확한 자기 인식과 현실 인식이 없다면 사람은 살아갈 가치를 잃어버린다. 자기를 생산성 없는 곳에 방치하거나 술로 망각해 버리는 삶을 살아가지 말자. 술을 마시면 취하게 되어 있다. 취하면 실수를 하게 되고 실수가 이어지면 자신감을 상실하고 급기야 자기도 모르게 중독되어 갈 수도 있다. 커다란 이상만 품는다고 다 실현되는 것이 아니듯이 조그만 일에도 조심하고 최선을 다하는 행동만이 자기 자신과 가족과 조직에 도움이 되는 것이다. 지혜의 보고가 무엇인가? 작은 것, 작은 일이다. 다시 한번 명심하자.

손자병법에서 배우다

《손자병법》은 〈시계〉 편에서 오사칠계를 강조하고 있다. 〈시계〉 편은 가장 원론적이며 "병자는 국지대사 사생지지 존망지도 불가불찰야"라는 구절로 시작된다. 병자는 싸우는 일이다. 누구와 싸우는가? 상대국과 싸운다. 싸우는 일은 가장 중요한 일이다. 국지대사라는 것은 국가에서 가장 중요한 것이라는 뜻이다. 개인이라면 아니 조직이라도 마찬가지이다. 싸우는 일은 사생지지요, 존망지도라고 한다. 죽음에 이르는 것이요, 망할 수도 있다는 것이니 불가불찰야다. 따라서 싸움이란 가장 최후의 수단이 된다. 그래서 만약에 싸우려고 한다면 오사칠계를 헤아려 보아야 한다. 가장 기본적인 것이다. 오사는 도천지장법이다. 도가 있는가의 물음에는 아무도 즉각 대답할 수 없다. 도는 모름지기 모든 것의 시작이요, 끝이기 때문이다. 정도가 있고 사도가 있다. 정도는 바른길이고 사도는 그른 길이다. 도는 보이지도 않고 만질 수도 없다. 도상무위이무불위이다. 하는 게 없는 것 같지만 늘 하고 있는 것이 도이다. 사람에게는 인도가 있고 직업과 직위에 따른 도가 있다. 아버지는 부도가 있고 어머니는 모도가 있다. 선생님은 사도가 있고 제자는 제도가 있다. 천은 하늘의 뜻이니 말할 것도 없다. 지는 땅의 기운이니 사람이 만드는 것은 아니다. 장은 싸우는 사람이다. 앞장서서 리더를 하는 능력이다. 싸울 능력이 없는 사람이 싸운다는 것은 포기하는 것보다 더 못하다는 진리이다. 법은 법도를 말한다. 개인에게도 규율이 있고 사회에도 법이 있다. 개인이 도덕적인가 비도덕적인가를 판단하게 한다. 칠계는 오사를 구체화하고 있다. 먼저 첫 번째는 주숙유도다. 마찬가지로 주인, 즉 임금이나 대통령이 도를 터득하고 있느냐의 문제이다. 개인도 그만큼 수양이 되었느냐는 뜻일 것이다. 두 번째 장숙유능은 장수의 능력이다. 개인의 실력이다. 건강이고 체력이다. 세 번째는 천지숙득이다. 하늘과 땅의 혈기를 아느냐의 문제이다. 대단히 어려운 질문이다. 싸우기란 이렇게 힘든 것이다. 네 번째 법령숙행은 법도가 있느냐의 문제이다. 개인의 도덕과 엄격한 사회 규율을 지킬 수 있느냐의 문제인 것이다. 다섯 번째는 병중숙강이다. 더 구체화된다. 병졸은 누가 강하냐는 것이다. 싸우는 기술이다. 상대방의 개념이다. 여섯 번째는 사졸숙강이다. 훈련 여부이다. 개인에게는 습관이다. 그리고 당당한 자세이며 본보기와 솔선수범이 되었느냐의 문제이다. 마지막 일곱 번째 칠계는 상벌숙명이다. 상과 벌이 타당한가이다. 벌을 숨기지 않는지 또는 거짓말을 하지 않는지의 개인 문제이다. 이처럼 전쟁과 싸움은 사전에 검토되어야 할 부분이 많다. 다시 말하면 싸우지 말라는 얘기이다. 이런 조건을 충족하는 국가나 사회나 개인은 있을 수 없다. 불가능한 조건이다. 그러나 우리는 물리적인 전쟁만 전쟁으로 알고 있는가? 그렇지 않다. 정신적으로도 우리는 전쟁 속에서 살아갈 수 있다. 개인과 개인도 마찬가지이고 조직과 조직도 그렇고 국가 간에도 그렇다. 그래서 손자는 "열전이든 냉전이든 가장 중요한 방책은 최대한 상대방을 기만하는 것이다."라고 했다. 전쟁을 했을 때의 문제이다. 《손자병법》의 〈시계〉 편에는 14가지의 상대방을 기만하는 방법이 수록되어 있다. 인간관계는 어떨까? 마찬가지이다. 상대방에게 자신을 적나라하게 드러내어 약점이 잡힌다면 조화로운 관계라고 말할 수 없다. 《손자병법》의 핵심 내용은 역시 〈모공〉 편이다. "백전백승이 비선지선자야 부전이 굴인지병이 선지선자야다. 지피지기면 백전불태요 부지피지기면 일승일부요 부지피부지기면 매전 필태이다." 아주 중요한 구절이다. 《손자병법》의 〈군형〉 편에 있는 말도 중요하다. 고로 "선전자지승야", 즉 싸움을 아주 잘하는 사람이 영원히 승리할 수 있는 것은 무지명이요, 무용공이다. 싸우고 나서 지혜와 이름을 지워 버리는 것이요, 용맹스러웠던 공적들을 지워 버리는 것이다. 따라서 보생자는 과욕이요, 보신자는 피명이라, 몸을 보호할 수 있는 사람은 자기 이름을 내세우지 않는다는 것이다. 겸손의 미덕이다. 노자의 《도덕경》에도 이런 말이 있다. "생이불유요 위이불시이다. 성공이불거요 시이불거다." 자기가 만들었어도 소유하지 말고 자기가 어떤 일을 하고 나서는 자랑하지 말고 성공한 다음에는 그 자리에 있지 말라는 뜻이다. 이것이야말로 영원한(소멸되어 없어지지 않는) 진리요, 지혜이다. 물리적 싸움이나 정신적 싸움 모두 결과적으로는 소용이 없다. 그러나 자신을 발견하고 지속하는 방법은 도처에 깔려 있다는 것이다. 싸움을 하지 말라는 것이 결국 손자의 가르침이다. 그리고 그것이 도에 이르는 길이다.

기적이라는 것

기적(汽笛)이 아니라 기적(奇跡, miracle)이다. 예상치 못한 일에 예상치 못한 행운을 잡았을 때 우리는 기적이라고 얘기한다. 기적이 없다면 우리 인생은 단 하루도 존재할 수 없다. 그러면 언제 기적이 찾아오는가? 어쩌면 날마다 찾아온다. 하루에도 몇 번씩 기적은 우리를 그림자처럼 따라다닌다. 옛사람들은 이것을 덕의 화신이라고 했다. 복을 베풀었으니 덕의 화신이 우리를 감싸고 있는 것이다. 그래서 《소학》에서는 "적선지가 필유여경"이라고 했다. 경사가 남는다는 뜻이다. 우리는 이것을 기적이라고 얘기한다. 어떻게 남을 도와줄까? 어떻게 남에게 찬사를 보낼까? 어떻게 홍익인간의 거룩한 일을 해볼 수 있을까? 그리고 그 인간적인 도리를 다했을 때 기적이 꿈틀거린다. 잘된다는 것은 인과응보이다. 누구나 어떤 상황이든지 시련이 있게 마련이다. 그러나 시련을 극복하는 사람은 많지 않다. 그냥 지쳐 버리는 것이다. 그냥 포기해 버리는 것이다. 그래서 우리는 항상 기적을 생각하면서 또 새로움으로 살아가고 있다. 기적!!! 우리에게는 몇 번의 기회가 온다. 그 기회를 포착하고 잘 활용하면 기적이 일어나면서 인생의 흥기를 찾을 수 있다는 것이다. 살아가면서 무수한 선택을 하지만 우리가 선택하는 것 중 가장 중요한 것은 무엇일까? 역시 직업과 배우자와 살아가는 가치이다. 우리는 가치 있는 사람만이 삶의 선구자라고 얘기한다.

직업은 평생 업으로 알고 살아가야 하는 아주 중요한 가치이다. 직업의 선택에 따라 경제는 물론 명예나 사회적 지위까지 얻을 수 있다. 모든 것의 으뜸이 직업이고 그것은 배우자를 선택하는 것과 삶의 가치관 형성에 지대한 영향을 줄 수 있다. 우리는 직업이 주는 효과에 따라서 배우자를 선택하게 된다. 사회적 동물인 인간이 가장 최초로 만나는 것은 부모이지만 성년이 되었을 때 부모 역할을 해야 하는 최초의 선택이 배우자이다. 배우자는 직업과 가치관이 우선일 때 바른 선택을 할 수 있다. 물론 배우자를 만나서 일이 잘 된다든지 가치관이 잘 형성되는 경우도 많겠지만 사실 배우자는 자신의 직업과 가치관이 잘 형성되어 있을 때 올바른 선택을 할 수 있다. 그래서 배우자와 가치관은 더더욱 중요하다. 배우자를 선택하는 기준은 통상 학력, 재력, 외모, 집안 등 여러 가지를 보지만 무엇보다 살아가는 가치가 정의로운지를 자기 관점에서 잘 생각해 보아야 한다. 술을 너무 좋아해도 안 되고, 사치를 좋아해도 안 된다. 극에 달한 사람은 피하는 것이 좋고 조화를 이루는 사람이 좋다. 그 사람의 성격을 보아야 하고 또 미래에 대한 비전을 보아야 한다. 당장은 별 볼 일 없을지 몰라도 장래성이 있는 사람은 투자 가치가 있다. 그래서 전력을 중요하게 생각해야 한다. 과거에 법의 시비를 당한 경우와 도덕의 시비를 당한 경우가 있는지는 미래를 예견하는 데 매우 중요한 요소가 된다. 인간의 행적은 미래를 예고한다. 점쟁이도 점을 볼 때는 과거의 행적을 볼 수밖에 없을 것이다. 그래서 배우자의 선택은 인생 절반의 성공일 수 있다. 인생의 절반은 직업이고 절반은 배우자다. 그러나 제일 중요한 것은 바로 가치관이다. 삶의 가치관이다. 누구나 한 번뿐인 인생을 보람 있게 잘 살아보려고 한다. 그래서 뭐니 뭐니 해도 자기 자신의 가치관이 제일 중요하다. 인간은 천상천하 유아독존이다. 두 번 살지 않는다. 오직 한 번이다. 그래서 역사가 중요하고 개인의 일기가 중요하다. 콩 심은 데는 콩이 나게 되어 있고 팥 심은 데는 팥이 나게 되어 있는 것이 만고의 진리이다. 그래서 가치관은 타인을 위한 생, 다시 말하면 우리 고유의 전통 이념인 홍익인간을 되새겨 보아야 한다. 그러한 전제하에 가치관을 형성해야 한다는 것이다. 인간은 사회적 동물이기 때문에 자신을 위한 삶보다는 타인을 위한 공익에 앞장서는 삶이 필요하다. 그것이 아름다운 가치관이고 좋은 가치관이고 훌륭한 가치관이다. 우리는 현실에서 많은 기적이 이루어지길 바라고 있다. 직업, 배우자, 가치관, 이 삶의 3요소가 결합되어 가정을 이루고 '적선지가必有여경'이라는 삶의 보배로운 가치를 형성했을 때 기적은 우리 주위를 배회한다. 그때 우리는 다시 한번 삶의 고삐를 당기면서 힘차게 전진할 수 있다는 것이다. 정말 후회 없이 그리고 조그만 일에서 큰일까지 좌절하지 말고 주어진 인생을 맑고 명랑하게 살아 보자.

◇◇◇◇
글이라는 것

톨스토이는 《사람은 무엇으로 사는가》라는 책에서 사람은 사랑과 지혜로 살아간다고 했다. 그러나 사랑은 하나님의 감화로 이루어진 것에 비해 인간은 지혜가 없어 오히려 인간은 더 큰 사랑이 필요하다는 얘기는 아닐까? 과거의 잘못된 것을 이해하고 용서해 주는 것, 미래에 닥쳐올 위험에 대하여 격려해 주고 도와주는 것, 이런 모든 것이 사랑이다. 바로 사랑의 힘은 용서의 힘이고 이해의 힘이다. 타인관지신엄, 타인에게는 관대하고 자신에게는 엄격하다는 얘기이다. 이것이 사랑이 아니고 무엇이겠는가? 자신이 만족하면 타인이 불만족하는 것이 우리 인생이다. 자기만족과 타인의 만족은 동시에 이루어질 수 없다. 비슷해도 50% 아니겠는가? 그래서 사람은 사랑으로 살아가는 것이다. 부족하게 살아가는 것이고 타인을 만족시키면서 살아가는 것이고 그것을 행복으로 알고 살아가는 것이다. 왕필(王弼)의 《도덕경》 주석에, "부집 일가지량자 불능전가(夫執 一家之量者 不能全家)요, 부집 일국지량자 불능성국(夫執 一國之量者 不能成國)"이라고 했다. 남아야 한다. 비워야 한다. 여유가 있어야 한다. 풍성한 것이 좋은 것이 아니다. 아니 넘치는 것은 더더욱 좋지 않다. 썩어 버리는 것이요, 흠집이 나는 것이다. 그래서 항상 항아리는 적당히 비워 두어야 하며 밥공기도 적당히 비워 두어야 한다. 우리 몸에 있는 위도 그렇고 머리도 그렇고 힘도 그렇다. 궁력거중(窮力擧重)은 불능위용(不能爲用)이다. 쓸모가 없다는 것이다. 힘을 다 소진한 다음 무엇을 생각할 수 있겠는가? 힘이 필요할 때는 아무것도 할 수 없을 것이다. 술을 먹되 완전히 만취해 버린다면 자신을 잃어버린 것이요, 인사불성이 된다. 아무것도 할 수 없다. 그것이 바로 과유불급의 원형이다. 그렇다. 세상은 충격 요법으로 살아서는 안

되는 것이 증명되고 있다. 충격 요법은 오히려 우리 사회에서 마약과 같은 것이 되어 버렸다. 마약은 말 그대로 인간을 인간으로 놔두지 않는다. 인간임을 취소해야 하고 더 나아가 사회에 크나큰 독이 되고 만다. 그래서 우리는 생각한다. 배부르게 먹지 말고 너무 많이 공부하지 말고 차근차근 계단을 밟아 가는 삶이 필요하다. 생각의 여유가 있어야 알고 있는 지식을 써먹을 수 있다. 후배에게 전할 수 있다. 누구를 가르칠 수 있다. 공부는 써먹으려고 하는 것이다. 공부하려고 공부하는 우를 범하지 말아야 하는 것이다. 그런데 그런 철학이 없이 살아가는 경우가 매우 많다. 공부는 왜 하는가? 책은 왜 읽는가? 그리고 생각은 왜 하는가? 바로 인간의 부족한 면을 채우기 위해서 하는 것이다. 인간은 본질적으로 부족한 존재이다. 사랑을 과감히 할 수 없다. 이해를 과감히 할 수 없다. 그리고 용서를 과감히 할 수 없다. 그래서 인간은 철학을 공부하고 종교를 믿는다. 그래서 선현의 목소리를 듣고 고전을 본다. 그래서 인류대사를 파악하고 패륜이 무엇인가를 생각한다. 도덕적 인간이란 바로 그런 것이다. 자신이 완성된 사람, 그것은 최소한의 인간이다. 타인을 도와주는 사람, 그것은 범상한 사람이다. 인류를 위해 헌신하는 사람, 그 사람이 바로 완벽한 인간이다. 10명을 도울 수 있는 능력을 갖췄으면 8명만 도와라! 나머지는 자기가 가지고 있어야 한다. 상황에 따라서 행동하면 되는 것이다. 그것이 바로 현명한 인간이 되는 길이다. 실천만이 남아 있다. 말은 이론이다. 말을 몇 번이고 구사해도 상대방은 신뢰할 수 없다. 한 번의 실천이 중요하다. 바로 실천의 힘이다. 어젯밤에는 잠이 오지 않았다. 그래서 도올 선생의 논술과 철학 강의를 보았다. 도올 선생은 칸트도 논하고 그의 《순수이성비판》도 논했다. 《판단력비판》도 논했다. 무엇이 문제인가? 도올 선생은 모든 것이 몸에서 비롯되었다고 했다. 모든 것은 인류학이고 인간학이라고 했다. 사람이 연관되어 있지 않은 학문과 철학은 없다고 했다. 사람과 사람의 연결만이 우리 삶을 풍요롭게 하는 철학이라고 했다. 특히 생각할 수 있는 사고의 바탕이 중요하다고 했다. 수학의 중요성도 무진장 강조했다. 세상을 논리적으로 바라볼 수 있는 사람이 결국 철학가의 기질을 가지고 있다는 것이다. 철학은 삶의 문제이기에 수학을 잘하는 사람은 삶을 보람 있게 영위할 수 있다고 했다. 남들이 보지 못하는 부분을 바라볼 수 있게 하는 것이 바로 수학이라고 했다. 공감한다. 도올 선생은 이어서 음악도 수학이고 미술도 수학이고 우리가 살아가는 데 있어서 가장 필요한 것이 수학이라고 강조했다. 어제 늦게까지 도올 선생의 강의를 보다 잠들어서 오늘은 몸이 피곤하지만, 사랑이라는 수학 방정식을 생각해 보는 것이다. 그런데 내가 왜 제목을 〈글이라는 것〉이라고 썼지? 말이 아니고 글이라는 것은 일단 생각을 적어 보는 것이 중요한 일이 아닐까 해서 또 두서없이 글을 써 보았다. 그래서 글이라는 것이 참 좋다.

수긍과 창조

1판 1쇄 발행 2022년 3월 7일

지은이 유양석

펴낸곳 하움출판사
펴낸이 문현광

주소 전라북도 군산시 수송로 315 하움출판사
이메일 haum1000@naver.com   **홈페이지** haum.kr

ISBN 979-11-6440-940-2(03810)

좋은 책을 만들겠습니다.
하움출판사는 독자 여러분의 의견에 항상 귀 기울이고 있습니다.